∥ 인문교양총서 6

존 밀턴의 생애와 사상
이혼과 출판의 자유에 대하여

●

최 재 헌

인문교양총서 006

존 밀턴의 생애와 사상

이혼과 출판의 자유에 대하여

최재헌 지음

역락

르네상스시대 영국을 대표하는 시인이면서 사상가인 존 밀턴(John Milton, 1608~1674)은 『실낙원』(*Paradise Lost*)의 작가로 잘 알려져 있지만, 교육과 이혼, 검열과 출판의 자유, 영국 역사 등 다양한 주제에 대해 방대한 분량의 산문을 발표하였다. 영국의 청교도 혁명 시기에 올리버 크롬웰의 공화국 정부의 외국어 문서 담당관으로 재직하기도 한 그는 평생 중요한 주제로 관심을 보인 종교적 자유와 개인적·가정적 자유와 정치적 자유에 관한 산문을 남겼다. 본 저서는 그 가운데 『이혼론』(*The Doctrine and Discipline of Divorce*, 1643)과 『아레오파기티카』(*Areopagitica*, 1644)를 그의 삶과 문학이라는 주제와 함께 일반인도 알기 쉽게 접근하는 것을 주요 내용으로 한다. 교회와 국가가 결혼과 이혼을 제한하는 것은 부당하다고 비판하면서 성격적 불일치도 이혼의 사유가 될 수 있음을 주장한 밀턴의 『이혼론』은 그의 생각이 제도화되기까지 300여 년이나 시대를 앞서 있다. 『이혼론』을 비롯하여 밀턴이 발표한 이혼에 관한 네 편의 소책자(팸플릿)에 대한 반응은 민감하고 즉각적이었다. 밀턴은 모든 율법이 존재하는 목적은 인간의 행복과 복리를 위한 것이라는 전제하에 이혼을 금지한 성경의 구절들에 대한 새로운 해석을 시도하였는데 그 파장은 실로 엄청났다. 밀턴은 이 이혼에 관한 소책자에서 처음으로 계약과 형평, 자연법, 자유 등의 개념을 다루고 있는데, 이러한 개념들은 후에 그의 정치사상과 후기 시에서 핵심적인 사상으로 자리 잡게 된다.

또한 언론과 출판의 자유를 주창한 『아레오파기티카』는 영문학에서뿐만 아니라 영국사와 언론학 분야에서도 고전으로 평가받는 밀턴 산문의 백미이다. 1644년에 출판된 『아레오파기티카』의 부제는 "검열을 받지 않는 출판의 자유를 위해 영국 의회에게 한 존 밀턴의 연설"이다. 부제가 암시하듯이 이 글은 검열 제도를 반대하고 표현의 자유를 옹호하면서, 종교적 관용과 개인의 자유를 주장한 언론 자유의 경전이라 할 수 있다. 밀턴은 『아레오파기티카』에서 검열제의 역사와 함께 이 검열의 부당성을 알리면서, 종교개혁을 완성하기 위해 외부의 강제와 간섭 없이 자유롭게 책을 읽고 판단할 수 있는 열린 공간과 이성적 주체의 필요성을 자유의지와 선택의 문제와 함께 다루고 있다. 실명(失明)한 상태에서 대서사시를 완성한 시인으로 기억되는 밀턴의 문학과 사상을 이혼과 출판의 자유에 관한 산문을 중심으로 다룸으로써, 17세기 혁명기 영국의 문화적 풍토와 역사적, 정치적 상황과 함께 오늘날의 시각에서 밀턴 문학과 주요 사상을 새롭게 바라보게 될 것이다.

기독교적 인문주의자인 밀턴은 잉글랜드 혁명이 실패로 돌아가고 완전히 실명한 상태에서 오랫동안 미뤄왔던 인간의 타락과 낙원 상실을 다룬 서사시 『실낙원』 집필에 본격적으로 착수한다. 당시 밀턴은 실명과 더불어 이상적인 체제로 여겼던 크롬웰의 공화국 정권이 물러나고 왕정이 복고되자 정치적으로도 실패하여 고통스러운 나날을 보내고 있었다. 신에 대한 인간의 불순종과 그로 인한 낙원 상실이라는 주제를 다룬 기독교적 서사시 『실낙원』은 밀턴의 정치적·종교적·문학적 신념과 경험이 반영된 결정체라고 할 수 있다. 그러나 셰익스피어와 함께 영국을 대표하는 영국 시인이라고 하지만, 밀턴의 시는 일단 그 분량에서 압도당하기 쉽고, 난해한 구문과 방대한 주 때문에 독자들에게 엄청난 노력과 끈기를 요구한다. 더욱이 그가 다루는 종교적이고 인간의 근원적인 문제에 관한 주제들이 오늘날 감각적이고 즉각적인 즐거움을 추구하는 경향과는 다소 거리가 있어 고리타분하게 느껴지기까지 하는 것이 사실이다. 그럼에도 불구하고 밀턴이 『실낙원』에서 심도 있게 논하고 있는 선과 악의 문제나 유혹과 자유의지, 신의 섭리, 인간의 성(性)과 같은 문제들은 시대를 초월해서 여전히 중요하고 심각한 논점들이며, 현대를 살아가는 우리가 더욱 깊이 고민할 필요가 있는 절실하고 본질적인 주제들이라 할 것이다.

본서는 인문교양총서 발행 기본 방향에 맞추어 다음과 같은 점에 유의하여 집필하려고 노력하였다.

첫째, 밀턴의 삶을 잉글랜드 혁명과 왕정복고라는 대변혁기의 영국 역사와 함께 흥미롭게 기술한다. 그의 실명과 세 번에 걸친 결혼, 그리고 이혼과 출판의 자유에 대한 글을 쓰게 된 배경 등을 중심으로 소개하게 될 것이다.

둘째, 독자의 이해를 돕기 위해 풍부한 화보를 제시한다.

셋째, 밀턴이 『이혼론』과 『아레오파기티카』에서 다루는 이혼에 관한 사상과 출판의 자유와 검열에 대한 생각을 오늘날 한국의 상황에 비추어 풀어나간다.

넷째, 밀턴의 유명한 구절을 소개한다. 『실낙원』뿐만 아니라 『아레오파기티카』를 비롯한 산문에는 인구에 회자되는 주옥같은 구절이 등장하는데, 가능한 한 많이 독자가 접할 수 있도록 소개한다.

오늘날 결혼과 가정에 대한 생각은 큰 변화를 겪고 있다. 밀턴의 이혼에 관한 글은 독자에게 통계상으로 이혼율 1위에 달하는 우리나라의 실정에서 결혼의 참된 의미를 생각해보는 기회를 제공하게 될 것이다. 검열과 출판의 자유 문제를 다룬 『아레오파기티카』는 오늘날 한국 사회가 직면하고 있는 언론과 출판의 자유와 함께 요즘도 여전히 많은 논란을 불러일으키는 검열의 문제에 대해 심각하게 고민하는 장을 마련해줄 것이다.

이와 함께 이 책은 실명과 왕정복고를 비롯한 온갖 역경과 장애에도 굴하지 않고 자신의 신념을 끝까지 지켜냄과 동시에 위대한 서사시를 완성시킨 불굴의 이상주의자이며 혁명

사상가인 밀턴의 삶과 예술 세계를 다루고 있다. 이를 통해 독자는 칼라일이 진정한 영웅이라고 일컫는 행동하는 지성의 모범을 발견하고, 고난에 찬 삶 가운데서도 굽힐 줄 모르는 용기를 본받고, 현실의 상황과 물질에 매여 있는 현대인의 좁은 안목을 돌아보는 계기를 갖게 될 것으로 기대한다. 아무쪼록 독자들이 밀턴의 산문과 시를 통해서 행동하는 지성의 숭고한 사상과 예술 세계를 경험하게 되기를 바란다.

이 책이 나오기까지 아이디어를 제공하고 자료 수집에 도움을 준 박윤정, 최윤실 학생, 교정 작업에 도움을 준 이정영, 정성희 학생, 그리고 그림 자료를 찾고 설명을 붙이는 등 전체적인 책의 방향과 모습을 결정하는 데 늘 함께한 큰딸 최나은에게 고마운 마음을 전한다. 또한 뛰어난 안목과 열정으로 글을 읽고 다듬어 준 역락의 권분옥 선생님께도 감사의 말을 전한다.

2011년 8월

최 재 헌

차례

존 밀턴의 생애

세 시인이 세 먼 시대에 태어나

그리스와 이탈리아와 영국을 장식했다.

첫째 시인은 높은 사상에서,

다음 시인은 장엄함에서, 셋째는 이 모두에서 뛰어났다.

자연의 힘은 그 이상 더 갈 수 없어

셋째를 낳으려고 앞서간 둘을 합친 것이다.

— 존 드라이든, 「존 밀턴에 대한 단시」

Three poets, in three distant ages born,

Greece, Italy, and England, did adorn.

The first in loftiness of thought surpass'd,

The next in majesty, in both the last:

The force of Nature could no farther go;

To make a third she join'd the former two.

— John Dryden, "Lines on Milton"

　　존 밀턴(John Milton, 1608~1674)은 영국 르네상스 시대를 대표하는 시인이며 2009년 뉴스위크가 선정한 세계 최고의 명저 100선에도 뽑힌 서사시 『실낙원』의 저자로 잘 알려져 있다. 그는 잉글랜드 혁명의 중심에 서서 정치적 자유와 종교적 자유, 그리고 출판과 이혼 등 개인의 자유를 위해 전 생애를 바친 혁명 사상가이기도 하다. 그를 가리켜서 영국의 시인 존 드라이든(1631~1700)은 높은 사상에서 뛰어난 그리스의 호메로스(Homer)와 장엄함에서 뛰어난 이탈리아의 베르길리우스(Vergil)의 훌륭함을 합쳐놓은 것 같은, 세계에서 가장 뛰어난 시인이라며 극찬하였다. 밀턴은 옥스퍼드대학 출판부가 최근 펴낸 영국 역사상 가장 영향력 있는 흥미로운 인물 20인에 대한 전기 시리즈인 VIP(Very Interesting People)에도 선정되었다. 이 시리즈에는 문인으로는 윌리엄 셰익스피어(William Shakespeare)를 비롯하여 조지 엘리엇(George Eliot), 찰스 디킨즈(Charles Dickens), 제임스 조이스(James Joyce), 제인 오스틴(Jane Austin) 등이 포함되어 있으며, 다윈(Charles Darwin)과 엘리자베스 1세로부터 처칠(Winston Churchill)에 이르기까지 과학자와 정치 사상가 등이 모두 포함되어 있다. 그러면 영국 역사상 중요한 인물이면서 후대에 많은 영향을 미친 밀턴의 삶과 문학을 그의 실명(失明)과 함께 살펴보자.

1. 잠들 줄 모르던 문학 소년이 케임브리지로(1608~1630)

● 어린 시절의 밀턴

셰익스피어와 함께 영국 최대의 시인으로 일컬어지는 존 밀턴은 1608년 12월 9일 런던의 브레드 스트리트(Bread Street)에서 신흥 중산계급인 공증인이며 금융업자의 집안에서 6남매 가운데 셋째로 태어났다. 그의 조부는 로마 가톨릭교도로 자영 농민이었는데 그의 아버지가 신교로 개종하였기 때문에 조부와 아버지 사이에는 불화가 계속되다가 끝내 부자의 연을 끊어버렸다. 밀턴은 청교도적인 가정 분위기 속에서 문학을 사랑하고 작곡에 뛰어났던 아버지 존 밀턴(John Milton)의 영향으로 음악과 문학에 대한 교육을 받으며, 특히 어학에 비범한 재능을 보이면서 성장하였다. 그의 어머니 사라 제프리(Sara Jeffrey)는 양가 집안 출신으로 가난한 사람들을 돌보는 등 자선에 힘쓴 고상한 성격의 소유자였다. 집에서 연주회도 열곤 했던 집안 분위기 덕에 밀턴은 어려서부터 연주회에서 노래도 하고 오르간과 오늘날 바이올린의 전신인 베이스 비올(bass viol)도 연주할 수 있었다. 이처럼 소년 시절의 시인 밀턴은 르네상스 문화와 청교도의 엄격하고 경건한 도덕주의가 결합된 가정에서 성장하였는데, 그는 엘리자베스 여왕 시대 문학의 전승자인 동시에 또 다른 시대 문학의 예고자라고 할 수 있다. 밀턴은 부친의 열성적인 교육에 대한 관심으로 그 당시에 주어질 수 있는 가장 훌륭한 여건에서 교육을 받았다. 그는 어린 시절 집에서 청교도 신학자인 토마스 영(Thomas Young)을 비롯한 가정교사로부터 개인교수를 받았다. 토마스 영과의 만남은 밀턴의 일생에 있어서 중요한 영향을 끼쳤다. 1641년 3월 다섯 명의 청교도 목사들이 자신들의 이름 첫 글자를 따서 스멕팀누스(SMECTYMNUUS)라는 이름으로 영국교회의 주교제를 비판하는 공개적인 논쟁을 벌였을 때 'TY'는 토마스 영 교수의 이름 첫 글자인 사실로 미루어 볼 때 영은 이후 밀턴이 주교제에 반대하는 입장의 글을 발표하는 데 적잖은 영향을 끼친 것으로 보인다. 밀턴은 1641년에 『종교개혁론』(*Of Reformation*)을 영에게 헌정하기도 하였다. 후에 그는 라틴어로 쓴 「아버지께」("Ad patrem")라는 시에서 아버지가 라틴어와 그리스어, 히브리어, 불어, 이태리어 등 자신의 외국어 교육을 위해서 경제적 부담을 감당해 준 것에 대해 감사를 표현하고 있다. 밀턴은 불어와 이태리어 등 외국어 공부를 학교에 들어가기 전 이들 가정교사를 통해 배우기 시작하였다.

1620년경 밀턴은 집 근처 명문학교인 세인트 폴 스쿨(St. Paul's School)에 입학한다. 당시 이 학교에는 학자로서의 명성이 높은 알렉산더 질(Alexander Gill)이 교장으로 있었다. 여기서 그는 이 교장의 아들 알렉산더와 이탈리아 명문가문 출신의 카를로 디오다티(Charles Diodati)를 만나 평생 친구로 사귀게 된다. 밀턴은 이 무렵인 12살 이후로는 자정이 되기 전에 공부를 마치고 잠자리에 든 적이 거의 없었다고 하며, 이것이 나중에 그가 시력을 잃게 된 원인 가운데 하나가 된다.

그는 16세가 되던 1625년에 케임브리지의 크라이스트 칼리지(Christ's College)에 입학하여 나중에 더블린(Dublin)의 트리니티

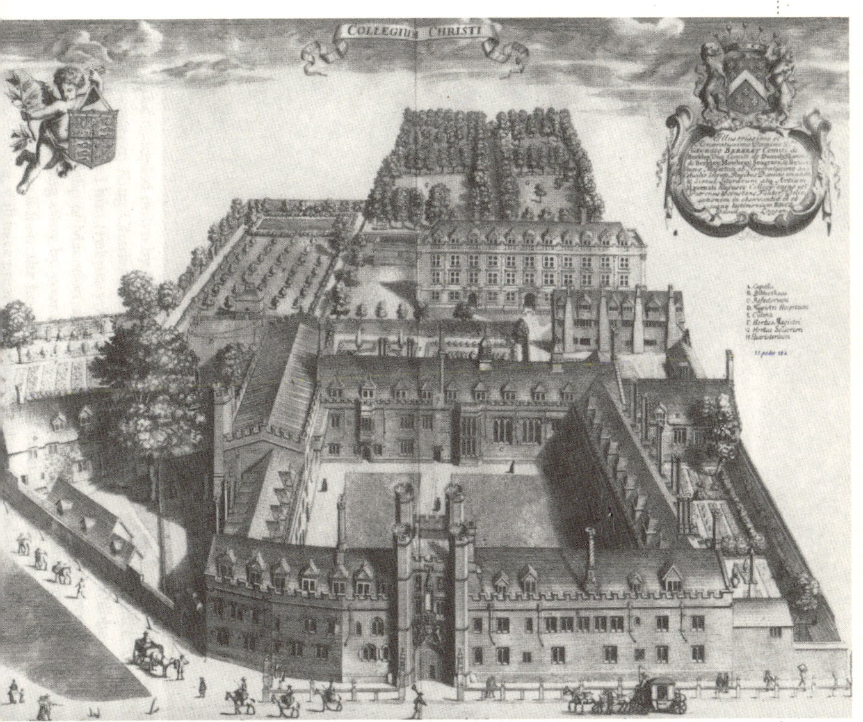

밀턴이 수학할 당시의 케임브리지 크라이스트 칼리지

칼리지(Trinity College)의 학장이 된 윌리엄 채플(William Chappell)의 지도를 받았다. 학부생이었던 밀턴은 방학 중에도 학교를 떠나지 않고 그곳에 머물렀는데 이는 당시 런던을 휩쓴 전염병 때문이었던 것으로 추정된다. 케임브리지의 크라이스트 칼리지 시절 밀턴은 지도교수와의 관계도 좋지 않았고 대학의 교과과정에 대해서도 불만이었기에 그에게 불행한 시기였다고 회고한다. 그는 단정하고 수려한 용모와 청순한 생활태도 때문에 '크라이스트 대학의 숙녀'라는 별명을 얻기도 하였으나 학문적인 재능을 인정받았다. 1629년 크리스마스 이른 아침에 밀턴은 초기의 서정시들 중 가장 우수한 작품인 「그리스도 탄생하신 날 아침에」("On the Morning of Christ's Nativity")라는 시를 썼다. 이는 시인이 최초로 영어로 쓴 걸작으로서 기교적으로 원숙함을 보여주면서 앞으로의 작품 경향을 선언한 작품이라고 할 수 있다. 밀턴이 영어로 쓴 첫 번째 종교시인 이 시는 이후 1645년과 1673년에 발표한 자신의 시집 맨 처음에 둔 것을 볼 때 그가 영적·시적 발달에 있어서 이 시에 상당한 의미를 두었다는 것을 알 수 있다.

● 21세의 밀턴
윌리엄 가디너(William Gardiner)의 판화

2. 학구적 은둔 시절과 갈릴레이를 만난 그랜드 투어(1631~1639)

　젊은 시절의 밀턴은 예술과 음악, 그리고 문학 분야에서 르네상스적 취향과 학풍에 심취한 한편, 신앙과 종교에 대한 헌신과 열정을 보였다. 이때 이미 밀턴의 라틴어 시는 상당한 수준에 도달해 있었다. 7년간의 케임브리지 생활을 마치고 1632년 석사학위를 받은 후 밀턴은 아버지가 희망하였던 성직자가 되는 길을 포기하고 부친의 시골 저택에서 분주한 세상과 일정한 거리를 두고 지낸다. 1631년 초에 밀턴의 가족들은 런던에서 몇 마일 떨어진 템즈 강의 북쪽에 위치한 해머스미스(Hammersmith)로 거처를 옮겼다. 1632년부터 1638년까지 향후 7년간 밀턴은 독서와 사색, 글쓰기와 여행을 하면서 개인적인 학업 연마에 몰두하는 학구적 은둔 생활을 하게 된다. 그가 이렇게 한 이유는 케임브리지 대학 교육에서 부족했던 점을 보충하기 위함이었다고 후에 밝히고 있다. 밀턴은 열정적인 청교도였으나 어떤 극단적인 종파에 속하기를 원치 않았으며, 당시 타락한 영국의 종교적 상황과 자유로운 정신에 대한 갈망으로 인하여 성직을 포기하기로 결심하고 시인이 되려는 포부를 다지게 된다. 그리하여 고전뿐만 아니라 다양하고 방대한 분야의 서적을 탐독하면서 음악과 종교에 대한 명상에 심취하기도 하였다. 이러한 세속으로부터 등진 그의 명상의 세월은 다가올 미래의 시작을 위한 정신의 단련기로 볼 수 있다.

밀턴은 때때로 시를 쓰기 위해 개인적인 공부를 중단하곤 했는데, 1631년에 활기와 균형미를 갖춘 짝을 이루는 시인 「랄레그로」("L'Allegro")와 「일 펜세로소」("Il Penseroso")를 발표한다. 명랑한 사람과 명상에 잠긴 사람의 대조적인 면을 대치시켜 관찰한 이 한 쌍의 자매시는 엄격한 청교도 정신과는 대조적으로 르네상스적인 향기가 높이 풍기는 우아한 작품으로 인간의 상반된 두 성격을 묘사한 것으로 해석되기도 한다. 아름다운 자연 정경에 대한 기쁨과 신의 존재에 대한 영적이고 지적인 명상이라는 두 세계가 이들 시에서 대비를 이루며 묘사되고 있다.

1634년에 밀턴은 이거튼(Egerton)가의 어른인 브리지워터(Bridgewater) 백작이 웨일즈의 총독이자 추밀원 의장으로 부임하는 것을 기념하기 위해 러들로우성(Ludlow Castle)에서 공연될 가면극을 써달라는 부탁을 받는다. 1634년 미카엘 축일인 9월 29일에 공연된 이 『코머스』(Comus, 1634)의 곡은 궁정 음악가인 헨리 로즈(Henry Lawes)가 작곡했다. 이전에 연기 경험이 있던 백작의 세 아이들이 극의 주요 배역을 맡았고, 로즈는 수호천사(Attendant Spirit) 역을 맡았다. 밀턴의 후기 시의 위대한 주제가 되는 선악의 갈등을 최초로 연극적으로 표현한 이 가면극은 너무 도덕적인 설교에 치우친 감이 있으나 우아한 이미저리와 음악성 때문에 극적 가치를 지니고 있다.

1636년 5월 12일 밀턴의 아버지는 공증인 사무소에서 은퇴

하였는데, 이 무렵 그의 가족은 그동안 살던 집을 정리하고 런던에서 서쪽으로 약 17마일 떨어진 호튼(Horton)으로 거처를 옮긴 것으로 보인다. 이때 밀턴은 해머스미스와 비교해서 런던을 가는 것은 상대적으로 어려웠기 때문에 개인적인 학문 연마를 위해 이튼 칼리지의 도서관 등을 이용했을 것으로 생각된다. 밀턴이 부모님과 함께 호튼으로 이사한 지 일 년이 채

● 러들로우 성(Ludlow Castle)
밀턴은 1634년 브리지워터 백작의 웨일즈 총독 겸 추밀원 의장 부임을 축하하기 위한 가면극 『코머스』를 쓴다. 러들로우 성에서 공연된 이 가면극은 밀턴 후기 시의 주제가 되는 선악의 갈등을 연극적으로 표현한다.

안되어 어머니 사라가 1637년 4월 3일 숨을 거둔다. 그는 어머니를 위한 추모시를 쓰지 않았지만 넉 달 뒤 크라이스트 칼리지를 함께 다닌 친구 에드워드 킹(Edward King)이 아일랜드 해협의 배 침몰사고로 요절하자 그의 죽음을 애도하는 추모시 「리시다스」("Lycidas")를 썼다. 킹을 애도하는 시집에 함께 실린 다른 사람들의 작품들이 그 당시 유행하던 존 던(John Donne)의 형이상학적인 시의 영향을 받아 재치 있게 슬픔을 표현한 것이 대부분이었다. 그러나 밀턴은 이 전통을 따르지 않고 그리스 고전의 전원시의 형식을 빌린 전통적인 목가적 애가의 형식을 사용하였다. 킹의 죽음을 추모하기 위해서 쓴 이 작품에서 밀턴은 표면적인 주제를 초월하여 인간의 숙명인 죽음에 대한 명상을 읊고 있어서 오랜 세월이 지난 후에도 독자들을 감동시키는 힘을 지니고 있는 것으로 평가된다. 신의 인도를 소망하면서 새로운 희망으로 살아갈 것을 다짐하는 이 아름다운 목가적 작품에서 우리는 그의 후기 시에서 더욱 뚜렷해지는 청교도적 정신을 접할 수 있다.

「리시다스」에는 영국 교회에 대한 밀턴의 감정이 영국 교회를 비난하는 사도 베드로(Peter)를 통해서 간접적인 형태로 드러나 있다. 사리사욕을 채우는 타락한 성직자를 "눈먼 주둥이들(blind mouths)"이라고 통렬하게 비판하는 베드로의 목소리는 바로 밀턴의 목소리를 대변하고 있는 것이다. 시는 "마침내 그는 일어나 푸른 망토를 홱 잡아 당겨 입었다./ 내일은 신선한

숲으로, 새로운 목장으로 가리라"(At last he rose, and twitched his mantle blue;/ Tomorrow to fresh woods, and pastures new)라며 시골 목동의 긍정적인 노래로 마무리 짓고 있다. 이는 밀턴이 개인적으로나 문학적으로 새로운 모험의 세계로 나아가려는 포부를 밝힌 것으로 볼 수 있다. 이듬해 그는 이탈리아의 숲과 자연을 여행하기로 계획을 스스로 세우고, 문학적으로는 서사시를 쓰려는 원대한 꿈을 품게 된다. 이외에도 밀턴은 몇 편의 아름다운 소네트를 남겼으며, 그는 이러한 소네트의 제한된 형식을 가장 훌륭하게 소화해 낸 시인으로 인정받고 있다. 밀턴은 자신의 문학적 재능이 점점 완숙기에 접어들 무렵 분주한 도회지 생활로 되돌아간다.

1638년 4월에 밀턴은 아버지의 재정적 지원을 받아 15개월 정도 예상되는 유럽을 여행하려는 계획을 세운다. 이른바 그랜드 투어(grand tour)를 떠나게 된 것이다. 그랜드 투어란 17세기 중반부터 19세기 초반까지 유럽, 특히 영국 상류층 자제들 사이에서 유행한 유럽여행을 말한다. 귀족의 자제들 사이에서는 세계의 정치와 사회, 경제를 제대로 이해하기 위해서는 반드시 그랜드 투어를 다녀와야 하며, 건축과 고전, 그리고 예술에 대해 알고 싶다면 프랑스와 이탈리아를 방문해야 한다는 생각이 지배적이었다. 짧게는 몇 달, 길게는 몇 년에 걸쳐 유럽 곳곳의 유적과 문화의 숨결을 직접 체험하는 이 여행은 귀족 사회의 등용문처럼 간주되어 큰 인기를 얻었다. 그들은 주로 고대 그리스 로마의 유적지와 르네상스를 꽃피운 이탈리아의 도시들, 그리고 세련된 예법의 도시 파리를 돌아보며 보다 높은 소양과 지적 체험을 쌓고자 했다. 이 고대 문화 기행은 이러한 숭고함과 아름다움에 대한 관심의 결과물이라고 할 수 있다.

이러한 여행에는 대개 두 명의 가정교사를 대동했다고 한다. 한 명은 학문을 가르치고, 다른 한 명은 승마와 펜싱, 춤 등을 가르쳤다. 또 짐을 나르는 하인과 통역을 담당하는 사람, 그리고 전용 마차도 필요했다. 열차도 없고 다른 운송 수단조차 여의치 않았던 시절에 이러한 긴 여정을 소화하기 위해서는 막대한 비용을 지불해야만 했다. 그렇기 때문에 이 여행은 상류 사회의 전유물이 되었고 부를 과시하는 수단이 되기도 했다.

왕족 혹은 귀족들이 외국을 여행하며 이러한 고대 문명의 낭만을 찾아다니는 동안, 일반 대중들 사이에서는 도시를 떠나 지방의 자연과 풍광을 쫓으려는 픽처레스크 여행(picturesque tour)이 유행했다. 문학에서부터 발전하게 된 자연과 야생 그대로의 풍경의 아름다움에 대한 낭만주의적 예찬은 이러한 대중적 여행의 붐과 더불어 회화에서도 크게 발전하게 되었다. '픽처레스크'라는 말은 '그림 같은' 혹은 '그림이 될 만한'으로 해석될 수 있다. 지방의 아름다운 풍광과 자연을 그린 풍경화를 곁들인 책들이 취미 여행을 즐기러 가는 사람들을 위한 지침

서로 유행하기도 하였다. 밀턴이 서른 살의 젊은 나이에 떠난 그랜드 투어가 문명의 중심지에서 세계적인 석학들과 만나 자신이 그동안 닦은 지식을 점검하고 토론하며 지적인 완성을 위한 성격의 여행이었다고 한다면, 오늘날의 해외여행은 유적이나 풍광을 감상하고 즐기는 픽처레스크의 성격이 강하다고 할 수 있다. 외국 여행을 떠나는 현대의 젊은이들도 밀턴처럼 외국어 실력을 갈고 닦아 자유로운 소통을 통해 외국의 다양하고 풍요로운 문화와 유적에 노출시킴으로써 자신의 소양을 깊이 하는 기회로 삼았으면 하는 바람이 있다.

• 휴고 그로티우스(Hugo Grotius)의 초상과 그의 대표작 『전쟁과 평화의 법』(*De Jure Belli ac Pacis*)
밀턴은 그랜드 투어 중 파리에서 국제법의 아버지라 불리는 세계적인 석학 휴고 그로티우스를 만난다.

유럽 여행을 계획하면서 밀턴은 이튼의 학장이며 베네치아 주재 잉글랜드 대사를 지낸 헨리 워튼(Henry Wotton) 경에게 편지를 써서 여행에 대한 조언을 구한다. 워튼경은 여행 일정과 여행지에서의 행동에 대한 조언과 함께 파리에 거주하고 있는 잉글랜드 대사 앞으로 소개장을 써서 밀턴에게 보내왔다. 밀턴은 서른 살 되던 해인 1638년 5월 수행 하인 한 명과 함께 영국을 떠나 대륙 여행을 나서 프랑스와 스위스를 거쳐 이탈리아로 여행한다. 프랑스 파리에 도착한 그는 파리 주재 잉글

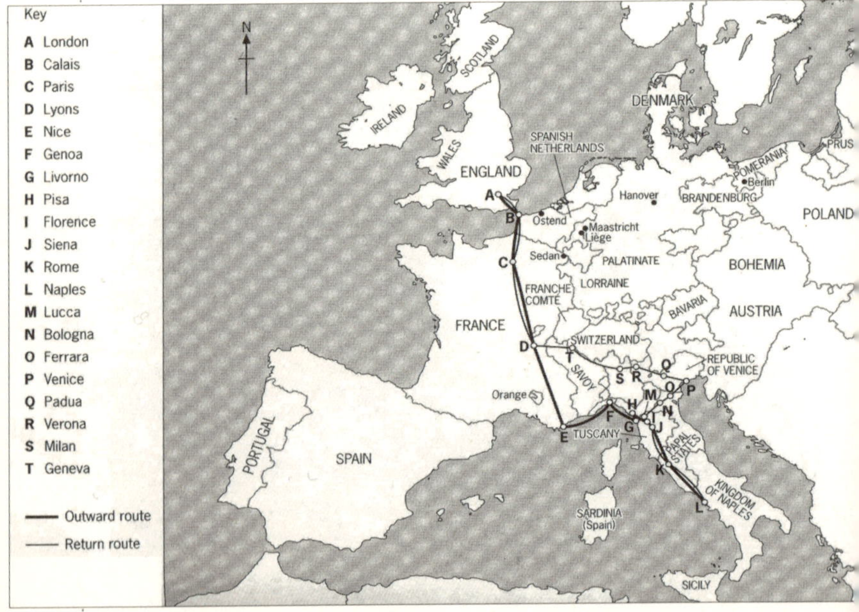

● 밀턴의 그랜드 투어(Grand Tour) 여정

랜드 대사인 스쿠더모어 자작(Viscount Scudamore)의 소개로 저명한 네덜란드의 외교관이며 시인이고 신학자이기도 한 국제법의 아버지 휴고 그로티우스(Hugo Grotius)를 만난다. 이후 밀턴은 파리를 떠나 니스, 제노아, 레그혼, 피사, 피렌체 등지로 여행을 계속한다.

피렌체에서 5개월 정도 머무는 동안 그는 아카데미에 참석해서 플로렌스의 학자들과 친분을 쌓으며 서로 시를 주고받았다. 그리고 당시 75세의 나이로 실명한 상태에서 가택 연금중에 있던 위대한 천문학자 갈릴레이(Galileo Galilei)를 만났다. 밀턴은 한 아카데미에서 갈릴레

● 밀턴과 갈릴레이
이탈리아 방문 중에 밀턴은 갈릴레이를 만나는데, 이후 밀턴의 작품에 갈릴레이가 등장할 만큼 이 만남은 밀턴에게 상당히 깊은 인상을 남긴 것으로 보인다.

오의 사생아인 빈첸조 갈릴레이(Vincenzo Galilei)를 만났고 그를 통해서 갈릴레이를 만났을 것으로 추정된다. 밀턴은 이 만남을 나중에 『아레오파기티카』에서 회고하고 있다. 노년에 이른 갈릴레오는 천문학에 대한 당시의 사람들과 다른 생각을 가지고 있다는 이유로 종교 재판소의 죄수의 신분이었는데, 이 만남에서 밀턴은 갈릴레이가 진정한 자연의 본질을 간파하고 진실을 말하는 인물이라는 인상을 강하게 받았던 것 같다. 밀턴

은 갈릴레이와 그의 망원경에 대해서는 『실낙원』에 언급하고 있다. 밀턴은 사탄(Satan)이 들고 있는 방패가 페솔레(Fiesole)나 발다르노(Valdarno)에서 갈릴레오의 망원경을 통해 관찰되는 달처럼 그의 어깨에 걸쳐 있는 것으로 묘사하고 있다(『실낙원』 1, 284~291). 사탄이 들고 있는 방패는 갈릴레이의 망원경을 통해 본 달에 비교되고, 그의 창에 비하면 큰 군함의 돛대로 쓸 큰 소나무도 지팡이 정도밖에 안 되는 것으로 묘사되고 있다.

1638년 10월에 밀턴은 시에나를 거쳐 로마로 가서 두 달 정도 머물고 난 후 카르멜회 수사로 추정되어지는 한 수도자와 함께 나폴리로 떠난다. 이 수도사는 나폴리의 문학과 예술의 후원자였던 만소 후작(Giovanni Battista Manso)을 소개해 주었고 후작은 밀턴에게 환대를 베풀었다. 후에 밀턴은 라틴어로 「만수스」("Mansus")라는 시를 지어 그에게 바쳤다. 원래 밀턴은 나폴리에서 시실리와 그리스로 갈 계획이었으나 고국이 정치적 동란으로 위급하다는 소식을 듣고 계획을 바꿔 영국으로 돌아가기로 결심하게 되는데, 후일 자신의 이러한 결정에 대해서 『영국민을 위한 두 번째 변호』(*The Second Defense of the People of England*, 1654)에서 다음과 같이 말하고 있다.

나의 동포 시민들이 고국 땅에서 자유를 위해 싸우고 있는 마당에 정신의 계발을 위해 한가롭게 해외를 여행한다는 것이 비열하게 생각되었다.

1639년 1월에 다시 로마를 방문하고 3월엔 피렌체를 방문한 밀턴은 다시 볼로냐, 페라라를 거쳐 베니스로 가서 한 달가량을 머물렀다. 베니스에서 베로나, 밀라노를 거쳐 주네브에 도착한 밀턴은 얼마 전 사망한 친구 카를로 디오다티의 삼촌이자 신학자인 지오반니 디오다티(Giovanni Diodati)를 만났다. 7월에 영국으로 돌아온 밀턴은 디오다티의 죽음을 애도하는 시「다몬에게 바치는 비문」("Epitaph for Damon")을 발표하였는데 이는 그의 라틴어 시 중에서 가장 걸작으로 꼽힌다. 이렇게 1년 3개월에 걸친 유럽 여행은 단순히 풍물을 관광하는 차원이 아니라 밀턴에게 여행지의 최고의 지성을 만나 교제하며 경험을 확장하고 견문을 넓히는 기회를 제공하였다.

3. 논객이자 교육자로서(1639~1648)

밀턴의 생애는 크게 3기로 흔히 나누어지는데, 시인으로서의 자질을 연마하던 지금까지의 준비기간(1608~1640)을 제1기라고 할 수 있다. 제2기는 정치적 위기에 휩쓸려 잉글랜드 혁명의 대의를 지지한 논객으로서 공화국(Commonwealth) 및 호국경(Lord Protector) 체제의 옹호자로 활동했던 20년간의 시기이다(1640~1660). 그리고 마지막 제3기는 혁명이 실패로 끝나고 스튜어트 왕정이 복고된 후 서사시 집필에 전념하던 시기이다

(1660~1674). 유럽 여행을 마치고 런던으로 돌아온 밀턴은 자신의 여행 중에 죽은 누이 앤의 아들들인 조카 에드워드 필립스(Edward Phillips)와 존 필립스(John Phillips)의 교육을 담당한다. 자신이 받은 교육과 여행에서 얻은 가르침을 조카들에게 베풀려고 했던 것으로 보이는데, 라틴어 등 고전어와 신학, 역사, 수학, 과학 등 폭넓은 분야를 매우 엄하게 교육하였다고 한다. 나중에 올더스게이트 가의 널찍한 집으로 이사해서 다른 학생들도 받아 가르친다.

밀턴은 1640년과 1660년 사이에 영어와 라틴어로 수많은 유명한 논문들을 썼다. 이 시기에 그는 수백 쪽에 달하는 논쟁적 산문들을 쏟아내었다. 그러나 정작 자신은 이들 산문의 가치를 평가절하하여 오른손으로 쓰는 시와 대조적으로 "왼손으로"(left-handed) 쓴 글들이라고 말하고 있다. 그러나 시와 비교할 때 거의 네 배에 이를 정도로 많은 분량의 밀턴의 산문은 그의 시적 발전을 이해하는 데 매우 중요하다. 밀턴의 산문은 시기적으로 3기로 나누어 각 시기별로 종교적(religious) 자유, 가정적·개인적(domestic) 자유, 그리고 정치적(political) 자유에 관한 글이 연속적으로 발표된다. 먼저 1641년에서 1642년 사이에는 주로 반(反)주교제 소책자(The Antiprelactical Pamphlets)를 중심으로 종교적 자유를 위한 산문이 출간되었다. 그리고 1643년에서 1645년 사이에는 『이혼론』을 비롯한 이혼을 옹호하는 네 편의 소책자와 출판의 자유를 주창한 『아레오파기티카』,

그리고 『교육론』(*Of Education*, 1644) 등 가정적·개인적 자유에 관한 글이 발표된다. 마지막으로 3기에 해당하는 1649년에서 1660년 사이에는 공화국의 외국어 담당 비서관으로 재직하면서 공화국 체제를 옹호하며 정치적 자유 수호를 위한 글들을 발표하고 있다.

이 논쟁시기에 밀턴이 쓴 글들은 팸플릿이라고 말하는 소책자로 발표되었는데, 오늘날에는 팸플릿 하면 일반적으로 상품 소개하는 광고책자 정도로 생각되는 경향이 있으므로 약간의 설명이 필요할 것 같다. 당시 밀턴은 대중을 상대로 설교할 수 있는 성직자도 아니고 의회에서 발언할 수 있는 의원도 아니었기 때문에 자신의 생각을 공개적으로 표현할 수 있는 수단으로 팸플릿 형태의 소책자를 택했다. 17세기 중엽에는 아직 일간신문이나 저널이 등장하지 않았기 때문이다. 그래서 어떤 문제에 대해 대중에게 할 이야기가 있는 사람은 얇은 소책자인 팸플릿을 써서 출간하였고, 이 팸플릿을 찍어서 판매하는 서적 상인들은 여론을 형성하는 장을 마련하는 역할을 하였다. 이 시기의 잉글랜드에서는 정치와 종교 문제에 대한 관심이 매우 높았기 때문에 팸플릿을 통한 다양한 형태의 논쟁은 열띤 토론의 광장이 되었으며, 팸플릿 출판은 홍수처럼 쏟아져 나왔다.

일련의 팸플릿 출간을 통해 논객으로 활동하기 시작한 밀턴이 발표한 글로서는 먼저 종교적 자유와 주교들이 운영하는 당시의 교회 행정에 반대하는 반주교제를 주장하는 5편의 소책자가 있다. 그리고 이혼 문제와 관련하여 몇 편의 소책자를 발표했는데, 밀턴은 불감증이나 간통 같은 육체적인 이유는 물론이고 부부간의 성격적인 부조화와 기질의 불일치 같은 정신적인 이유도 심각한 이혼 사유가 된다고 생각했다. 그리고 국왕에 대한 재판이 진행 중이던 당시, 국왕을 처형하는 일의 정당성과 함께 반군주제를 주장하고 인권과 정치적 자유를 옹호한 정치적 산문을 발표했다. 이들 산문 가운데서 특히 정부의 언론 검열에 대해 공격하며 언론 출판의 자유를 부르짖은 『아레오파기티카』가 유명한데, 밀턴은 이러한 글들을 통해 당대의 시대적 혼란과 문제점을 해결하고 사회의 정의를 실현시키려고 노력하였던 것이다.

1640년대에 밀턴은 교사로서, 그리고 교회 행정 및 이혼에 관한 문제로 격렬한 논쟁을 벌인 논쟁가로서 양분되는 삶을 살았다. 그는 앞서 「리시다스」에서 교회에 대해 주로 성직자의 탐욕에 집중하여 공격하였으나, 4년 후 그의 비난은 주교제도를 향한 것으로 바뀐다. 당시 왕은 잉글랜드 교회의 수장이기 때문에 왕권은 주교제와 친밀한 관계에 있었고, 주교들에 의해서 교회의 행정이 이루어지는 주교제는 엘리자베스조의 왕권을 유지하는 데도 매우 중요하였다. 하지만 16세기 후반에서 17세기 초반에 걸쳐 개혁가들은 이 제도가 로마 가톨릭의 잔재이며 완전한 종교개혁에 방해물이 된다는 생각을 가지고 비판의 목소리를 높였다.

주교제에 대한 논쟁은 수십 년에 걸쳐 계속되었으나 1637년에 윌리엄 로드(William Laud) 대주교의 견해를 반박하며 주교제도를 공격한 글을 발표한 세 명의 저명한 청교도가 기소됨으로써 한층 불붙게 되었다. 성실청(Star Chamber) 법정은 이들의 귀를 자르고 고문한 후 투옥하도록 하는 혹독한 형을 선고했다. 검열제가 철폐되면서 주교제 폐지론이 지면을 통해 많이 발표되던 즈음에 노위치(Norwich)의 주교인 조셉 홀(Joseph Hall)이 주교제를 옹호하는 글을 출판한다. 그러자 몇 달 후인 1641년 3월에 밀턴의 가정교사였던 토마스 영을 포함하여 이들의 머리글자를 딴 스멕팀누스로 알려져 있는 5명의 청교도가 이에 반박하는 글로 응수함으로써 공개적인 논쟁을 벌이게 된다.

이 시점에서 밀턴은 5편에 이르는 반주교주의 소책자를 발표하면서 이 논쟁에 가담하게 되었다. 밀턴은 1641년 5월에 익명으로 출판한 『종교개혁론』에서 시작하여 『주교제에 대하여』(Of Prelatical Episcopacy), 『스멕팀누스를 위한 반박』(Animadversions), 『교회치리론』(Reason of Church Government), 그리고 『스멕팀누스 변호』(Apology for SMECTYMNUUS) 등 2년 사이에 발표한 소책자를 통해 종교개혁으로 가기 위해 주교제를 철폐해야 한다는 주장을 펴고 있다. 『종교개혁론』에서 밀턴은 주교들에 의해 지배되는 교회의 위계에 내재하는 엄청난 악을 목격하고, 의식(ceremony)과 예복 같은 형식만 중시하는 이들이 왕에 의해 임명되는 것이 아니라 교회 내에서 "모든 교인들의 손에 의해" 선거를 통해 선출되어야 한다는 생각을 밝히고 있다. 『주교제에 대하여』는 주교 제임스 어셔(James Ussher)가 내세운 주교 우위설, 즉 주교라는 성직이 일반사제(presbyter)와 별개로서 지위가 더 높다는 설을 반박하는 내용이며, 『스멕팀누스를 위한 반박』은 주교제 옹호론자 가운데 중심인물인 주교 조셉 홀을 공격한 글이다. 반주교제에 관한 글들 가운데 제일 길면서도 가장 흥미로운 『교회치리론』은 1642년에 발표되었는데, 2부(second book)에 상당한 분량의 자전적인 내용을 담고 있다는 점에서 교회사가들보다는 문학 비평가와 전기 작가들이 주목할 만한 가치가 있다.

이들 소책자의 내용 가운데 상당 부분은 주교제의 폐단을 설명하면서도 홀 주교에 대한 개인적인 공격이나 자신의 사욕을 채우기 위해 교회를 이용하는 주교들에 대한 신랄한 비판에 치중하는 등 교회 행정에 관한 신학적 논쟁과는 다소 거리가 있는 내용에 할애하고 있다. 밀턴은 영국 국교회 내의 장로파의 일원으로 논쟁을 펼치는가 하면 장로교파에서 다시 독립적인 조합교회주의자로 옮겨가는 등 어느 특정 종파에 속하지 않았다. 그는 종교의 자유와 표현의 자유는 모두 보장되어야 하며 진리를 추구하는 과정에서는 어느 정도의 이단적 해석이나 이설에 대해 관용해야 한다고 주장함으로써 장로파와 입장을 달리했는데, 이는 그가 자신의 말년에 취하게 될 명백한 관용주의자의 입장을 예고하고 있다. 1637년 후반부터 1642년 중반에 걸친 종교적 논쟁에서 밀턴은 영국 국교회의 건설적인 비판자의 입장에서 벗어나 교회의 개혁을 부르짖으며 교회가 안고 있는 여러 가지 폐해에 대해 열렬하게 반대하는 독립교회주의자의 모습을 보여주고 있다.

1642년 밀턴은 리처드 파월(Richard Powell)에게서 12파운드의 이자를 받을 목적으로 옥스퍼드셔의 포리스트 힐을 향한 여정에 올랐다. 파월은 씀씀이가 헤픈 지주이며 치안판사로서 밀턴의 부친이 1627년에 300파운드를 빌려준 사람이다. 밀턴의 조카 에드워드 필립스는 "한 달을 머문 후에 총각으로 떠났던 그가 결혼한 몸으로 집에 돌아왔는데, 그의 아내는 파월의 장녀인 메리(Mary)였다."라고 후일 기록하고 있다.

결혼식을 올린 후 당시 33세의 밀턴은 17세 된 신부를 자신의 집으로 데려왔다. 그러나 유명한 왕당파 정치지도자의 딸을 만나 한 달도 채 안 되어 한 결혼은 성급했던 것으로 이내 판명이 난다. 왕당파 가문의 밝고 발랄한 분위기에서 자랐던 메리는 그녀보다 두 배나 연상인 엄격한 청교도였던 밀턴과는 여러 면에서 잘 맞지 않았으며, 따라서 결혼생활이 행복하지 못했다. 게다가 왕당파와 의회파의 대립이 무력 대결로 치닫던 시기에 두 집안의 정치적 반감 등의 이유로 메리는 결혼한 지 불과 몇 주가 지났을 때 친정으로 돌아가고 만다. 그녀는 약 한 달 정도 친정에 머물 생각이었으나 불행하게도 내전이

● 밀턴과 메리 파월 남매의 첫 만남
밀턴과 메리 파월 남매의 만남을 상상하여 묘사한 그림인데, 밀턴은 검은색 복장의 엄격한 청교도로, 메리는 왕당파의 발랄한 소녀로 묘사되어 있다. 복장에서부터 이 둘의 성장한 배경, 가치관, 성격의 차이를 짐작할 수 있다. 알프레드 랭클리(Alfred Rankley)의 1862년 그림.

일어나 돌아오지 못하게 되고 그 결과 이 신혼부부의 관계는 확실히 소원해졌다.

밀턴의 결혼이 곧바로 와해된 이유는 알려져 있지 않다. 하지만 불화의 심각성은 밀턴이 자신의 학문적 에너지의 방향을 주교제도로부터 이혼문제로 전환했던 사실에 의해 입증된다. 17세기 영국에서는 재혼이 허용되는 이혼은 의회에서만 허락받을 수 있었다. 의회에 쉽게 접근할 수 없었던 일반 국민들은 교회 법정으로 가야만 했다. 교회 법정에서는 오직 "식탁과 침대로부터의" 이혼이라고 부르는 법적 별거 형태를 허락할 권리를 가지고 있었다. 수세기에 걸쳐 교회법에서는 여섯 가지의 이혼 사유를 규정해 두었다. 그것은 간통이나 남색이나 수간과 같은 성적인 죄와, 성불구, 신체적 학대, 배교, 혈족관계, 그리고 성직자가 되는 경우 등이다. 밀턴의 경우는 아내로부터 버림을 받은 것과 같은 상황이지만 잉글랜드에서는 유기 (desertion)는 1857년까지 이혼 사유가 되지 않았다.

바로 이 시기에 밀턴은 계약과 형평의 문제, 자연법사상, 자유 등의 개념을 다루면서, 성격적인 불일치가 이혼의 조건이 될 수 있다는 주장을 편, 이혼에 대한 논문들을 집필한 것으로 알려져 있다. 1643년 1월 밀턴은 교회와 국가가 개인의 결혼과 이혼을 제한하는 것은 부당하다고 비판한 『이혼론』을 출간하였다. 이 글에서 그는 이혼의 전통적 사유들이 불충분하다면서 만약 결혼 생활이 정신적으로나 감정적으로 황폐하게 될 경우 남편은 아내와 이혼할 수 있어야 한다고 주장하였다. 밀턴은 이후 1645년에도 『테트라코던』(*Tetrachordon*)과 『콜라스테리온』(*Colasterion*) 등 이혼에 관한 글을 발표하였다. 밀턴의 생각은 오늘날의 관점에서 보면 별로 급진적일 것이 없는 합리적인 주장이지만, 당시에는 마음에 내키는 대로 이혼할 수 있다는 매우 위험하고 분별없는 견해로 받아들여졌다. 밀턴도 여성이 결혼에 대해 동등한 권리를 가져야 한다고 주장한 것은 아니다. 그럼에도 불구하고 그의 견해는 몇 가지 측면에서 수세기를 앞선 것이었다. 1970년대에 들어서 잉글랜드 법은 회복 불가능한 결혼 파탄을 유일한 이혼 사유로서 공포하게 된다.

1644년 8월 14일 장로파 목사 파머(Herbert Palmer)는 의회에서 행한 설교에서 밀턴의 『이혼론』을 언급하며, 결혼의 유대를 깨뜨리고 사회적 기초를 파괴할 우려가 있을 뿐만 아니라 출판허가도 받지 않고 간행된 이런 사악한 책은 마땅히 불태워져야 한다며 비난하였다. 잉글랜드 혁명기의 혼란을 틈타 생겨나는 이단과 이설에 대처하는 방안으로 보수적인 장로파의 주도하에 철저한 검열과 통제를 요구하는 목소리가 커졌는데, 이때 밀턴의 『이혼론』도 대표적인 위험한 책으로 거론되었던 것이다. 당시 영국에서는 1641년 7월에 성실청이 해체되면서 1637년 7월 찰스 1세가 공포한 성실청 포고령(Star Chamber Decree)도 폐기되고, 주교의 권위도 무너져 출판물에 대한 규제가 사라진 상태였다. 그러자 각종 소책자와 온갖 종류의 서적을 포함한 출판물의 수는 걷잡을 수 없을 정도로 증가하게 되었다. 이러한 혼란상을 통제하기 위해 장기의회(Long Parliament)는 1643년 6월 14일 "향후 어떤 서적이나 소책자, 그리고 논고도 임명된 검열관들 또는 검열관들 중 적어도 한 명에 의해 사전 승인 및 허가를 받지 않고는 출판할 수 없다."(That no Book, pamphlet, or paper shall be henceforth Printed, unlesse the same be first approv'd and licenc't by such)라는 내용의 출판허가법(Licensing Order)을 제정하여 검열 제도를 다시 도입하려고 시도했다. 사전 검열을 통해 책이 출판되는 것을 막으려는 이러한 시도는 밀턴의 분노에 불을 지펴 그는 이에 대한 반발로 출판의 자유를 주창하는 『아레오파기티카』를 집필하게 된다.

『아레오파기티카』는 밀턴의 산문 중 가장 잘 알려진 것으로 의회를 상대로 직접 연설을 행하는 듯한 형식을 취하고 있다. 1644년에 11월 23일에 출판된 이 소책자는 영문학에서뿐만 아니라 영국사와 언론학 분야에서도 고전으로 평가받는 밀턴 산문의 백미로서, 잉글랜드 혁명 초기의 정치적, 종교적 현안 문제에 대한 밀턴의 대응 방식을 잘 보여주는 중요한 역사적 자료이다. 그리스어로 된 이 제목에서 밀턴은 잉글랜드 의회와 아크로폴리스 북서쪽에 있는 아레오파구스(Areopagus) 언덕에서 열린 고대 아테네 의회 사이의 유추를 제시하고 있다. 게다가 고대 연설가 이소크라테스(Isocrates)의 연설문 『아레오파기티쿠스』(*Areopagiticus*)를 상기시킨다. 『아레오파기티카』에는 "검열을 받지 않는 출판의 자유를 위해 영국 의회에게 한 존 밀턴의 연설"(A Speech of Mr. JOHN MILTON for the Liberty of Unlicensed Printing, to the Parliament of England)이라는 부제가 달려 있다. 부제가 암시하듯이 이 소책자는 검열 제도를 반대하고 표현의 자유를 옹호하면서, 종교적 관용과 개인의 자유를 주장한 언론 자유의 경전이라 할 수 있는 산문이다. 의회는 밀턴의 청원을 무시하였고 그는 이로 인해 잠시 실의에 빠지게 된다. 그러나 작가와 독자가 출판물을 통해 서로 의견을 교환할 수 있는 자유를 역설하고 있는 『아레오파기티카』는 시대를 앞서 언론의 자유를 주장하고 있으며, 잉글랜드에서 사전 검열제 없이 출판할 권리를 다룬 가장 설득력 있는 항변서로서의 가치를 보유하게 되었다.

● 밀턴의 『교육론』
밀턴은 1644년 자신의 교육 경험과 사상에 기반을 둔 교육에 관한 논문을 출판한다. 여기서 밀턴은 자유공화국의 이상적 지도자를 육성하기 위한 교육 프로그램을 제안한다. 이 논문은 교육혁명가인 사무엘 하트립(Samuel Hartlib)에게 헌정되었다.

밀턴은 1644년 『교육론』이라는 소책자를 통해 영국의 교육 체제를 개혁하기 위한 또 다른 싸움을 하게 된다. 그는 이혼문제에 대한 일련의 산문들과 『아레오파기티카』를 발표하는 와중에 이『교육론』을 출판하고 있는데, 『이혼론』이나 자유언론사상이 개인적인 자유를 주장한 것이라면 그의 『교육론』은 자유공화국의 이상적 지도자를 육성하기 위한 교육 프로그램을 제안한 것이다. 밀턴은 자신의 교육 경험을 바탕으로 영국 교육의 커리큘럼에 개혁을 가하고, "우리 시조의 타락을 회복하는 것"을 교육의 목적으로 선포하고 있다.

이혼 옹호자로서의 밀턴의 명성은 주교제 폐지를 주장한 논객인 그에게 불명예스러운 것이었지만 아이러니하게도 긍정적인 결과도 초래하였다. 필립스의 기록에 따르면 당시 밀턴이 메리와 이혼하고 데이비스(Davies)라는 사람의 딸과 결혼하려 한다는 소문이 파월 가에 전해지자 이들은 메리의 결혼이 깨지지 않도록 하기 위해 온갖 애를 다 썼다고 한다. 그리하여 이들은 아마 1645년 중반 경에 화해를 한 것으로 보이며, 1645년 가을 밀턴은 메리와 함께 바비칸(Barbican)에 있는 대저택으로 이사하였다. 이렇게 메리는 3년 만에 밀턴에게 돌아오게 되고 이들은 재결합한 후 1652년 그녀가 죽을 때까지 큰 문제없는 결혼생활을 하였다. 밀턴과 메리 사이에는 아들 하나와 딸 셋이 태어났다. 장남의 이름은 존(John)이고 세 딸의 이름은 앤(Anne)과 메리(Mary), 그리고 데보라(Deborah)였는데, 큰 딸 앤은 정신지체장애자였다고 한다.

4. 공화국을 변호하는 투사로서(1649~1660)

밀턴의 생애에서 제2기에 해당하는 1640년에서 1660년까지의 20년간은 소위 논쟁시대라고 불리는데, 이 시기에 그는 앞서 언급한 것과 같이 영어와 라틴어로 수많은 산문과 소책자를 발표하였다. 그는 찰스 1세에 대한 재판이 진행 중이던 1649년에 국왕을 처형하는 일의 정당성과 함께 반군주제를 주장한 『국왕과 관료들의 재직조건』(The Tenure of Kings and

Magistrates)을 발표한다. 찰스는 1649년 1월 30일에 처형되었고, 2주 후인 2월 13일 밀턴의 소책자가 출판되었다. 밀턴은 왕이 백성을 섬기지 않고 부패한 성직자와 아첨꾼들의 말을 듣기 시작하면 폭군이 되기 쉽다고 생각했다. 그럴 경우 백성들은 왕을 재판할 권리가 있으며 필요하다면 처형할 수도 있다고 밀턴은 믿은 것이다. 제목에서 왕과 관료를 접속사를 써서 나란히 둠으로써 밀턴은 이 두 직책이 수평적이며, 이들의 직위 또한 자신들을 다스리도록 선택한 백성의 합의에 의해 생겨나는 것임을 말하고 있다. 왕과 관료는 자신들의 할 일을 바르게 수행해야 하며, 무제한적인 권력을 하늘로부터 부여받은 것으로 생각해서는 안 된다는 것이 밀턴의 생각이다. 즉 왕은 법 위에 있지 아니하며 "왕의 권위는 법의 권위에 따르며, 왕은 법에 복종해야 한다."고 주장한다. 통치받은 자들의 뜻에 의해서 정부가 결정된다는 밀턴의 생각은 선거가 유전적 상속이나 특권에 의한 지명보다 늘 우선이라는 것을 의미하므로 당시로서는 혁명적이었다. 이 글이 크롬웰(Oliver Cromwell) 공화정부의 주목을 받아 밀턴은 그해 3월 외국어 담당 비서관으로 임명되어 갓 태어난 공화국의 일원으로 발을 들여놓았다. 그의 주 임무는 외교문서를 라틴어로 번역하는 일이었다. 그는 이후 청교도와 크롬웰정부의 입장을 옹호하는 각종 외교 문서를 라틴어와 영어로 의욕적으로 발표하며 검열관의 직무도 맡았다.

● 올리버 크롬웰(Oliver Cromwell) 옆에서 일하고 있는 밀턴의 모습
밀턴은 크롬웰 공화정부의 주목을 받아 영국 공화정부의 외교문서를 라틴어로 번역하는 외국어 담당 비서관으로 일하게 된다. 이후 왕정이 복고되기까지 밀턴은 11년간 이 직책에 헌신한다. 찰스 웨스트 코프(Charles West Cope)의 1872년 그림.

국왕 찰스가 처형된 지 10일 후인 1649년 2월 9일에 그리스어로 『왕의 성상』(*Eikon Basilike*)이 출판되었다. 처형된 찰스의 이름으로 출판되었지만 사실은 왕의 사제인 존 고든(John Gauden)이 쓴 이 책은 즉각적인 인기를 끌어 날개 돋친 듯 팔렸고, 일 년 내에 각국의 언어로 번역되어 50여 판이 출판되었다.

● 『왕의 성상』의 속표지 그림
  왕의 사제인 존 고든(John Gauden)이 쓴 책 『왕의 성상』은 처형된 국왕 찰스를 순교자로 묘사하고 있
이 책의 인기는 공화파에 위협이 되고, 밀턴이 『우상타파론』을 집필하는 계기가 된다.

이 책은 처형된 찰스 1세를 순교자로 묘사하는 속표지 그림을 신고 있다. 찰스가 내려놓은 왕관에는 리본 모양의 띠에 'Splendidam & Gravem'(Splendid and Heavy)라는 글자와 왕관 아래에 'Vanitas'(vanity)라는 글자가 새겨져 있다. 그가 오른 손에 들고 있는 순교자의 가시관에는 'Gratia'(grace)라는 모토가, 그 위에는 'Asperam & Levem'(Bitter and Light)라는 글자가 보이며, 앞에 펼쳐진 책에는 "IN VERBO TVO SPES MEA"(In Thy Word is My Hope)라는 구절이 있다. 눈앞으로 보이는 하늘의 왕관에는 그의 지상의 왕관과는 대조적으로 'Beatam & Aeternam'(Blessed and Eternal)과 'GLORIA'(glory)라는 글귀가 써져 있다.

찰스를 순교자로 묘사한 이 책으로 인해 왕에 대한 연민이 공화국을 전복시킬까 염려하여 의회는 공식적으로 대응하기로 결정한다. 처음에 존 셀든(John Selden)에게 이를 요청했으나 거절당하고 의회는 밀턴에게 그 임무를 부여한다. 그 결과 10월에 『우상타파론』(Eikonoklastes, 1649)이 발표되었다. 이 그리스어 제목은 우상 속에 가려져 있는 찰스의 실체를 폭로하자는 의도에서 붙여진 것이다. 이 글을 통해 밀턴은 어느 왕이나 신이 부여한 권리로 통치한다는 것을 인정하지 않으며, 왕도 법 아래서 자기 백성을 위해 일해야 한다는 생각을 밝히고 있다. 『우상타파론』에 나타나 있는 이러한 밀턴의 입장은 지적인 엘리트 계층의 생각을 대변하는 것이라고 할 수 있다. 그는 『왕의 성상』의 제목에 내포된 거룩한 형상 즉 이미지와 아첨으로 가득 찬 선전에 조목조목 공격을 가하면서, 자신을 이방의 우상의 제단을 깨뜨린 기드온(Gideon)처럼 거짓 우상을 파괴하는 자로 그리고 있다.

잉글랜드에서의 국왕시해는 전 유럽 대륙에 경종을 울리며 엄청난 충격을 주었다. 잉글랜드 공화정부가 찰스 1세를 처형한 사실을 비난한 첫 번째 반응이 프랑스의 저명한 프로테스탄트 논객 살마시우스(Claudius Salmasius)가 쓴 『왕의 옹호』(Defensio Regia)이다. 이 책은 공화국의 이미지에 큰 타격을 입혔을 뿐만 아니라 유럽 대륙과의 정상적인 무역관계가 재개되는 것을 지연시킬 위협을 가하였다. 그러자 의회는 1650년 1월 8일 밀턴에게 이 책을 반박하는 글을 쓰도록 지시했다. 이에 밀턴은 1651년 2월 24일 라틴어로 된 반박문 『영국민을 위한 변호』(A Defense of the English People)를 출간한다. 이 글은 후에 출판된 『영국민을 위한 두 번째 변호』와 구별하기 위해 보통 『첫 번째 변호』라고 불린다. 이 책의 서문에서 밀턴은 출판이 다소 지연된 이유로 시간상의 부족과 글쓰기에 역부족이었던 건강 상태를 들면서 건강이 너무 나빠 매시간 휴식을 취해야 할 정도였다고 밝힌다. 전 유럽을 상대로 영국 국민의 무고함과 정당성을 밝힌 이 글이 큰 반향을 불러일으키면서 밀턴은 영국 공화국 옹호자로서의 국제적인 명성을 얻게 된다.

이처럼 잉글랜드 혁명의 대의를 지지한 논객으로서 영국 공화국 정부에 대한 각국의 비난과 공격에 대응하는 격무를 수

행하는 동안, 밀턴은 아내 메리가 1645년 돌아오기 전인 1644 년부터 왼쪽 눈이 시력을 잃어가고 있음을 알았고 1648년에는 왼쪽 눈을 완전히 실명하게 되었다. 이렇게 나빠지기 시작하 여 오른쪽 눈도 더 이상 볼 수 없게 된 밀턴은 1652년 2월 시 력을 완전히 잃게 되는 비운을 맞는다. 1652년은 밀턴에게 있 어서 가장 불운한 해였다고 할 수 있다. 43세가 되던 이 해에 밀턴 자신은 완전히 실명하게 되고, 그의 아내는 막내딸 데보 라를 낳은 지 사흘 만에 6년 남짓한 결혼생활을 마감하고 27 세의 젊은 나이로 세상을 떠나고 만다. 엎친 데 덮친 격으로 자신의 외아들 존마저 그 한 달 후에 죽음으로써 밀턴은 인생 에서 가장 힘든 시련의 시간을 보내게 된다. 1652년 5월 초 메 리가 데보라를 낳은 직후 세상을 떠나자 밀턴은 홀로 눈이 먼 채 네 명의 어린자녀를 돌보도록 남겨졌다. 이 실명은 이혼문 제를 둘러싼 시련과 앞으로 있을 왕정복고와 더불어 밀턴이 생애에 겪은 3대 위기라고 할 수 있다.

이런 와중에도 밀턴은 앤드류 마벨(Andrew Marvell)을 조수로 삼아 자신의 임무를 계속 수행하며, 1654년에 『영국민을 위한 두 번째 변호』를 발표한다. 밀턴이 라틴어로 쓴 『영국민을 위 한 두 번째 변호』는 익명으로 발표된 『영국 국왕 살해에 대해 왕의 피가 하늘에 부르짖는 호소』(The Royal Blood crying to Heaven for Vengeance on the English Parricides)라는 책자의 저자를 공격하는 연설이다. 그의 산문 가운데 최고의 작품으로 평가를 받고 있는 『두 번째 변호』에는 자신의 실명에 대한 변호와 함께 자전적인 내용이 많이 담겨 있으며, 크롬웰과 페어팩스(Fairfax)에 대해서도 언급하고 있다. 1656년에는 20세 연하의 캐서린 우드콕(Catherine Woodcock)과 재혼하였으나 불행하게도 이들이 결혼한 지 1년 남짓 후에 두 번째 아내도 죽고, 이어 1657년에 출생한 그녀의 딸 캐서린(Katherine)도 죽고 만다. 밀턴이 『실낙원』을 집필하기 시작한 것이 바로 이 즈음인 것으로 여겨진다.

이외에도 밀턴은 조용하고 조리 있는 논리로 양심의 자유와 종교적 관용 문제를 『세속 권력론』(*A Treatise of Civil Power*, 1659)에서 다루고 있으며, 『고용 성직자 퇴출 방안』(*Considerations Touching the Likeliest Means to Remove Hirelings out of the Church*, 1659)에서는 영국 정부가 갖춰야 할 정부의 형태와 개인의 종교적 자유 등에 대해 논하고 있다. 『세속 권력론』에서 그는 어떤 통치자도 한 개인에게 그의 양심에 어긋나는 종교적 선택을 하도록 강요할 수 없으며, 교회와 정치는 분리되어야 한다는 주장을 강하게 펴고 있다. 밀턴은 인간 내면에서 비치는 신의 내적인 빛인 양심이 어떤 외적인 전통보다도 우월하며, 세속 권력은 종교적인 문제를 다룰 어떤 권한도 없으며, 만약 세속 권력이 종교적인 문제를 판단하고 개인의 양심의 자유를 제한한다면 그것은 바람직하지 않을 뿐만 아니라 잘못된 일이라고 주장한다. 이러한 생각은 『세속 권력론』 아래에 붙어 있는 "지상의 어떤 권력도 종교 문제에 있어서 강요하는 것은 합법적이지 않다."(It is not lawful for any power on earth to compel in matters of religion)는 부제에 해당하는 글이 분명히 밝히고 있다.

이 『세속 권력론』은 거의 동시에 발표된 『고용 성직자 퇴출 방안』과 함께 올리버 크롬웰이 죽은 1658년 9월부터 1660년 5월 왕정복고 사이의 기간에 영국 정부가 어떤 형태를 갖춰야 할 것인가에 대한 대중적인 논의를 불러일으킨다. 『고용 성직자 퇴출 방안』 역시 개인의 종교적 자유를 논하면서, 성직자의 생활을 지원하기 위하여 십일조 등을 세금과 같이 의무적으로 징수하는 데 대해 강하게 반대하고 있다. 밀턴은 이러한 현행 제도가 정부와 교회의 유착 관계를 조성함으로써 종교의 타락을 불러온다고 생각하면서, 물질에만 눈이 어두운 탐욕스러운 고용 성직자를 배불리는 십일조와 기타 교회 수입의 폐지를 주장한다. 그는 보시(alms)를 받아 생활하거나 직업을 가지고 생활비를 벌면서 설교하는 순회 목사(itinerant preacher)를 가장 이상적인 형태의 성직자로 평가하고 있는 것이다.

크롬웰이 죽자 그의 사후 계속되던 정부의 무능함에 염증을 느낀 영국 국민들은 찰스 2세의 귀국을 환영하는 분위기가 지배적이었다. 밀턴은 왕정복고가 임박한 시기에 강한 사명감을 느끼며 목숨의 위협을 무릅쓰고 공화정 체제를 지지하는 『자유공화국 수립을 위한 준비되고 쉬운 길』(The Readie and Easie

Way to Establish a Free Commonwealth, 1660)을 출간함으로써 스튜어트 왕정이 회복되는 것을 저지하려고 했다. 1660년 2월 공화국이 붕괴 직전에 이르렀을 때 점차 불가피해보이는 왕정복고를 눈앞에 둔 시점에서 밀턴은 대담하게도 장엄한 의회에 의해 통치되는 기독교적 공화제의 자유와 군주제의 속박을 비교하는 소책자를 출판하였다. 『준비되고 쉬운 길』은 인류에게 군주제는 속박에 불과하다며 밀턴이 생각하는 이상적인 의회상을 담고 있다. 그는 자유 공화국 실현에 대한 자신의 정치적 신념이 물거품으로 돌아간 시점에서 백성들이 어떻게 훌륭한 정치 지도자를 선출할 수 있는가 하는 문제를 거론하면서 과두정치(oligarchy)와 교육의 중요성을 이야기하고 있다.

5. 결국 왕정복고가 되자 『실낙원』에 몰두하고(1660~1671)

1660년 5월 찰스 2세는 국민의 열광적인 환호를 받으며 결국 런던에 도착하게 되고 밀턴을 비롯한 공화주의자들은 시련의 날을 맞이하게 된다. 밀턴이 그리던 정치적 이상국가였던 공화정이 무너지면서 그는 11년간 생명을 걸고 헌신했던 외국어 담당 비서관직에서 쫓겨나고 신변은 위험에 처해지게 된다. 그는 친구 집에 숨어 지냈으며, 그의 책은 모두 불태워졌다. 밀턴의 친구들이 얼마간 방어막이 되어 주었지만, 결국 그는 한동안 감옥생활을 해야 했으며 얼마 되지 않는 가산도 몰수 당했다. 극도의 불행한 처지에서 실의에 빠진 그는 곧 가까스로 죽음은 면하고 석방되지만 병고에 시달리며 은둔 생활을 영위하게 된다.

이러한 왕정복고 시대를 뒤이은 암울한 생활 중에도 밀턴이 가진 유일한 위안은 1663년 2월 24일에 맺어진 당시 23세였던 세 번째 아내 엘리자베스 민셜(Elizabeth Minshull)과의 결혼이었다. 밀턴의 처지를 동정한 한 친구가 자기 사촌 누이동생 민셜을 소개했던 것이다. 민셜은 밀턴 일가를 위하여 힘썼지만 늘 세 딸과 심한 갈등을 겪었다고 한다. 다행히도 밀턴은 그녀에게서 커다란 정신적 위안을 얻었으며 그녀의 헌신 덕택에 용기를 잃지 않았다. 1665년 흑사병이 런던을 덮치자 밀턴은 잠시 런던을 떠나 이사했다가 전염병이 잠잠해지자 1666년 2월에 돌아왔다. 1666년 2월에는 런던에 큰 화재가 도시전역을 덮었다. 3일 동안 런던의 3분의 2가 불타 없어졌다. 밀턴의 집은 안전했지만 어린 시절의 집과 그의 학교, 세인트 폴 교회를 포함하여 런던의 대부분이 불타 없어졌다.

밀턴의 일생은 실로 고뇌와 고통으로 점철된 패배의 연속이었다. 그 패배는 가정에서의 실패와 공화주의자로서의 정치적 실패, 그리고 앞을 보지 못하게 된 육체적 실패인 실명으로 이어졌다. 그러나 이와 같은 실패와 고난이야말로 그로 하여금 신앙의 깊은 심연을 들여다보게 하였다. 밀턴은 자신이 겪은

• 노년의 밀턴

쓰라린 경험을 바탕으로 하여 잉글랜드 혁명이 실패로 돌아간 이유에 대해 자문하고 자신의 신념과 입장을 재검토하게 된다. 이러한 성찰의 결과는 그의 만년의 걸작들인 서사시 『실낙원』과 『복낙원』(*Paradise Regained*), 그리고 극시의 형식으로 된 『투사 삼손』(*Samson Agonistes*)과 같은 후기 시에 반영되어 있다. 『실낙원』을 집필할 당시 밀턴은 완전한 실명과 더불어 이상적인 체제로 여겼던 크롬웰의 공화국 정권이 물러나고 왕정이 복고되자 정치적으로도 실패하여 고통스러운 나날을 보내고 있었다. 신에 대한 인간의 불순종과 그로 인한 낙원 상실이라는 주제를 다룬 기독교적 서사시 『실낙원』은 밀턴의 정치적·종교적·문학적 신념과 경험이 반영된 결정체이다. 당시 자신이 처했던 암울한 상황과 위험에 대해 앞 못 보는 시인 밀턴은 『실낙원』에서 다음과 같이 이야기한다.

보다 편안히 인간의 목소리로 나는 노래하리라.
악운의 날 만나도 목쉬거나 그치는 일 없이,
비록 악한 세월과 사나운 혀를 만나고
어둠 속에 위험과 고독에 에워싸이더라도.

More safe I Sing with mortal voice, unchang'd

To hoarce or mute, though fall'n on evil dayes,

On evil dayes though fall'n, and evil tongues;

In darkness, and with dangers compast round.

―『실낙원』 7, 24~27

여기서 "사나운 혀"란 당시 왕당파들이 밀턴에게 퍼부은 비난과 욕설을 의미한다. 그리고 "어둠"은 자신의 실명과 시대의 암흑상을, "위험"은 왕정복고 이후 체포되어 감금되었던 일과 처형될 뻔했던 일을 가리킨다.

● 『실낙원』을 딸들에게 구술하는 밀턴

밀턴은 주로 겨울을 이용하여 보통 밤과 이른 아침에 딸에게 구술하고 조카 에드워드 필립스가 철자와 구두점을 고치는 작업을 거치면서 『실낙원』을 써내려간다. 이런 각고의 노력 끝에 자신이 젊은 시절부터 꿈꾸어 왔던 인간의 타락과 낙원 상실을 다룬 대 서사시 『실낙원』을 1667년 드디어 완성시킨다. 『실낙원』은 창세기에 짧게 서술되어 있는 내용을 시적으로 다시 쓴 것이라고 할 수 있는데, 사탄(Satan)과 그의 무리들의 타락, 인간 창조, 그리고 인간의 불순종과 그 결과를 이야기하고 있다. 즉 우주의 기원과 첫 남자와 여자의 출생, 첫 유혹, 첫 반역, 첫 가정, 첫 추방 등과 같이 시작과 기원에 관해 묘사하고 있다. 밀턴은 시의 첫 부분 뮤즈에게 올리는 기원을 통해 인간의 최초의 불순종과 그로 인한 타락의 결과 낙원을 상실하게 된 것과 이와 함께 인간에게 닥친 죽음과 재앙, 그리고 그리스도를 통해 축복의 자리를 회복하게 됨을 노래하여 "인간에 대한 신의 뜻이 올바름을 밝히겠다."(1, 26)라며 다음과 같이 주제를 선포한다.

인간의 최초의 불순종과 그 치명적인 맛이,
한 위대한 인간이 우리를 회복시켜
복된 자리를 도로 얻게 하기까지
세상에 죽음과 우리의 온갖 재앙을 가져오고
에덴동산을 잃게 한 저 금단의 나무의 열매에 대해,

노래하라 하늘의 뮤즈여.

Of Man's First Disobedience, and the Fruit

Of that Forbidden Tree, whose mortal taste

Brought Death into the World, and all our woe,

With loss of Eden, till one greater Man

Restore us, and regain the blissful Seat,

Sing Heav'nly Muse.

—『실낙원』 1, 1~6

다른 서사시의 시인들과 마찬가지로 밀턴은 서사시의 전통에서 찾아볼 수 없는 신성한 시를 쓰려는 자신의 야심찬 문학적 업적을 강조하며 『실낙원』을 이전의 서사시와 차별화하고 있다. 『실낙원』도 "인간"과 그의 업적을 다루지만 호메로스나 베르길리우스의 서사시와는 달리 한 명의 영웅에 초점을 맞추어 관심을 기울이지 않는다. 밀턴의 서사시가 다른 서사시와 가장 다른 점은 『실낙원』 그 어디에서도 서사시에서 제일 중요하게 다뤄지는 주제인 전쟁에 대해서 비중을 두고 말하지 않고 있다는 사실이다. 밀턴의 주된 관심은 아주 새롭게도 위대하고 성스러운 종교적 주제에 맞추어져 있다. 그의 시는 구약에서 신약으로, 첫 아담에서 그리스도로 옮겨가며, 창조에서 시작하여 인류의 종말로 진행된다. 트로이가 아니라 낙원을 잃은 부정적 역사는 인류의 회복을 이야기하는 미래의 역사에 관한 4행에서 깨어지고 있다. 이처럼 밀턴은 시의 서두에서 자신의 서사시가 기독교적이고 성서적인 서사시이며, 나아가 예언적인 프로테스탄트 서사시임을 선포하고 있다.

『실낙원』은 다양한 장르를 담고 있는 서사시이다. 죄(Sin)와 죽음(Death)에 대한 설명은 알레고리(allegory)이고, 에덴동산에 대한 묘사는 전원시(pastoral)이다. 아담과 이브가 동산을 가꾸는 일은 농경시(georgic)이며, 아담과 이브의 타락은 비극(tragedy)의 장르에 속한다. 『실낙원』에서 가장 극적인 부분이라고 할 수 있는 아담과 이브의 타락은 9권에서 일어난다. 밀턴은 9권에서 타락의 이야기를 시작하면서 다른 서사시인들과 달리 가정적인 비극을 자신의 위대한 신화적 이야기의 중심에 두고 있다. 그는 창세기의 간단한 내용을 바탕으로 이별과 유혹, 타락과 그에 따른 끔찍한 인간의 심리적, 정신적 고통이라는 비극적 드라마를 탁월하게 그려내고 있다. 이브의 꿈을 통하여 인간을 유혹하던 사탄이 다시

• 뱀에게 유혹받는 이브의 모습을 묘사한 윌리엄 블레이크(William Blake)의 그림

낙원으로 돌아와 하나님의 금령을 어기도록 직접 유혹하는 장
면을 다루면서, 시인은 마지막 기원의 어조를 3권에서 8권까
지 지속되던 명랑한 분위기와는 달리 비극적으로 바꾸고 있다.

> 나는 이제 이 어조를
> 비극조로 바꿔야 한다. 인간 편에서는
> 비열한 불신과 신의 없는 배반과
> 반역과 불순종. 하늘 편에선
> 이제 멀어진 냉담과 혐오.

> I now must change
> Those Notes to Tragic; foul distrust, and breach
> Disloyal on the part of Man, revolt,
> And disobedience: On the part of Heav'n
> Now alienated, distance and distaste.
>
> —『실낙원』 9, 5~9

　　타락 이전에는 천국이 지구로부터 멀리 있다는 것이 전혀
문제시되지 않았으나 이제 이 물리적 거리는 도덕적, 영적 거
리가 되어 버린다. 하나님은 이제까지 거리상으로만 멀리 있
다가 지금은 냉담한 상태에 있다. 인간은 순수하던 상태에서
선악과를 "맛보는"(taste) 죄를 범함으로 인해 하나님이 "싫어
하는"(distaste) 상태로 떨어지게 된 것이다.

　　많은 독자들이 『실낙원』에서 가장 중요한 인물은 첫 두 권에서 두드러진 역할을 하고 4권의 앞부분에서 장려한 독백으로 비극적 면모를 보여주는 사탄이라고 여긴다. 서사시의 전통을 이어받은 『실낙원』에서 아킬레스(Achilles)나 오디세우스(Odysseus)와 같은 고전적인 영웅에 가장 가까운 면모를 사탄에게서 찾아볼 수 있다. 『실낙원』 전체에서 독자들로부터 가장 즐겨 읽히며 사랑받는 부분은 아마 사탄과 반역천사들이 주로 등장하는 시의 앞부분이라고 할 수 있을 것이다. 여기에 등장하는 사탄에게서 우리는 엄청난 열정과 에너지를 가진 인물로서 타락한 천사의 무리들을 이끄는 용감하고 카리스마적인 군대지휘관과 탁월한 웅변가의 면모를 발견하게 된다. 이러한 사탄이 지닌 에너지와 숭고한 위엄에 감동한 나머지 블레이크(Blake)나 셸리(Shelley), 바이런(Byron) 같은 낭만주의 시인들은 그가 바로 『실낙원』의 주인공이며, 밀턴도 사탄을 묘사할 때 자기도 모르게 그에게 동정적으로 훌륭하게 그려내고 있다고 주장하였다. 그러나 시의 앞부분은 이러한 그의 매력적인 모습과 함께 왜곡되고 악한 속성도 동시에 보여줌으로써 사탄을 매우 복합적인 인물로 창조하고 있다. 밀턴이 그를 신과 인류의 적으로 그릴 때, 사탄의 영웅적인 주장과 과시 이면의 애매한 속성과, 군인다운 미덕과 용기, 불굴의 저항정신에 의해 나타난 공격적인 성향을 폭로하고 있다.

● 지옥에 떨어진 반역 천사들을 일깨우는 사탄의 모습
실낙원에서 사탄은 전쟁에서 패한 뒤 지옥에 떨어진 동료 반역 천사들 앞
에서 고전 영웅적인 용맹과 불굴의 저항정신이 돋보이는 연설을 한다. 윌
리엄 블레이크의 그림.

하늘에서 일어난 전쟁(War in Heaven)에서 패하고 지옥에 떨어진 사탄이 타락한 동료 천사들 무리 앞에서 행하는 다음 연설은 탁월한 무용과 위엄과 함께 뜨거운 열정을 아울러 지닌 고전 서사시의 영웅으로서의 면모를 여실히 보여주고 있다.

패배 그것이 문제인가?
다 패하는 건 아니다. 꺾이지 않는 의지,
불타는 복수심, 죽지 않는 증오심,
굽힐 줄 모르고 항복 모르는 용기
이밖에 정복될 수 없는 것 또 무엇이 있겠는가?
그의 분노와 힘이 내게서 이런 영광을
결코 빼앗지 못하리라.

What though the field be lost?
All is not lost; the unconquerable Will,
And study of revenge, immortal hate,
And courage never to submit or yield:
And what is else not to be overcome?
That Glory never shall his wrath or might
Extort from me

—『실낙원』 1, 105~111

전쟁에서 패했으면서도 이처럼 위엄을 잃지 않고 당당한 사

탄에게서 우리는 고전 영웅들에게서 보았던 용맹과 불굴의 저
항정신, 그리고 역경 속에서도 잃지 않는 자부심을 느낄 수 있
다. 사탄이 자신이 처한 어떤 환경도 마음먹기에 따라 변화시
킬 수 있다고 연설하는 다음 장면은 강한 감동으로 우리에게
와 닿는다.

잘 있거라 행복한 들판이여,

기쁨 길이 깃들이는 그곳. 오라 공포여. 환영하노라

음부여. 그리고 너 무한심의 지옥이여,

너의 새 주인을 맞아라,

장소나 때에 따라 변치 않는 마음을 가진 자를.

마음은 마음이 제 집. 스스로

지옥을 천국으로, 천국을 지옥으로 만들 수 있다.

Farewell happy Fields

Where Joy for ever dwells: Hail horrors, hail

Infernal world, and thou profoundest Hell

Receive thy new Possessor: One who brings

A mind not to be chang'd by Place or Time.

The mind is its own place, and in itself

Can make a Heav'n of Hell, a Hell of Heav'n.

—『실낙원』 1, 249~255

어떠한 역경이 닥쳐도 이에 굴하지 않고 이겨낼 것을 다짐하는 사탄의 굳은 의지와 영웅적인 자질을 보여주는 이 구절은 그가 회개하기를 거부하는 고집스럽고 모진 성격도 아울러 지니고 있음을 보여주고 있다.

밀턴의 사탄은 햄릿(Hamlet)이나 맥베쓰(Macbeth)처럼 자신이 겪고 있는 내면적인 고통과 갈등, 슬픔 등을 여러 차례 독백을 통해 토로하고 있는데, 이처럼 개인의 깊은 내면 심리세계를 드러내는 점에 있어서 호메로스나 베르길리우스의 서사시의 영웅들과 크게 다르다. 시인은 이 독백을 통해 사탄이 느끼는 비극적인 감정과 함께 그가 지닌 정략적이면서 영웅적인 애매모호한 속성을 깊숙이 들여다볼 수 있게 해준다. 그러면 에덴에 도착한 사탄이 자신의 복잡하고 모순된 감정의 갈등을 드러내는 니파테산(Mount Niphates)에서의 독백을 들어보자. 아름다운 에덴동산을 처음 본 사탄은 형언할 수 없이 착잡하고 모순된 감정을 느끼며 한숨 쉬면서 극적으로 감정을 표출하기 시작한다. 이러한 독백은 사탄이 내면적으로 느끼는 감정의 분열과 갈등, 고통과 절망 등을 보여주면서 독자들로 하여금 타락한 존재의 실상과 상태를 여실히 느끼게 한다. 빛나는 태양을 바라보며 과거 자신이 가졌던 영광을 회상하고 세상에 대한 증오심을 드러낸다. 그는 신의 은혜와 그에 대한 자신의 배은망덕, 유혹을 이길 수 있는 자유의지와 신의 사랑을 인정하지만, 결국 그 사랑이 자신에게 화만 더하였다며 자신의 고통을 다음과 같이 토로한다.

> 가여운 나여! 어느 쪽으로 피해야 하나
> 무한한 분노와 끝없는 절망을?
> 어느 쪽으로 피하든 지옥이구나. 내 자신이 지옥이니.
> 가장 깊은 심연에서 보다 깊은 심연이
> 당장 나를 집어삼킬 듯이 입을 크게 벌리니
> 그에 비하면 내가 고생하는 지옥은 천국이다.
>
> Me miserable! which way shall I fly
> Infinite wrath, and infinite despair?
> Which way I fly is Hell; myself am Hell;
> And in the lowest deep a lower deep
> Still threat'ning to devour me opens wide,
> To which the Hell I suffer seems a Heav'n.
>
> —『실낙원』 4, 73~78

그가 겪는 고통과 지옥은 "내 자신이 지옥"이라는 말처럼 심리적이고 내면적인 것이다. 사탄은 물론 회개할 수도 있었지만 순종을 싫어하고 서사시의 전사들처럼 수치를 두려워한다. 독백의 끝으로 갈수록 사탄의 마음은 더욱 강퍅해지고 신과의 어떠한 화해도 불가능하다며 복수하겠다는 결심을 굳힌다.

● 런던 교외 버킹엄셔(Buckinghamshire) 지방 세인트 자일즈(St. Giles)에 있는 밀턴의 집(Milton's Cottage). 지금 그의 박물관으로 활용되고 있는 이 집에서 밀턴은 『실낙원』을 완성했다(MortimerCat의 사진).

　『실낙원』은 1663년에 마침내 완성되었다. 그러나 공화정 투사였던 밀턴은 즉시 출판하지 못하다가 1667년 봄에 출판 계약을 한다. 4월 27일에 밀턴은 인쇄업자인 사무엘 시몬즈(Samuel Simmons)와 계약한 즉시 5파운드를 받고 1쇄 1,300부가 다 팔리면 5파운드를 더 받기로 약속했다. 초판은 1669년 봄에 다 팔렸으며, 밀턴은 2쇄가 출판된 직후 죽었다. 밀턴 사후 그의 부인은 시의 판권을 8파운드에 시몬즈에게 팔았다고 한다.

　『실낙원』을 완성한 지 4년 후인 1671년에 그는 또 다른 서사시인 『복낙원』을 발표하였다. 이 시는 4부로 이루어져 있으며, 예수의 유혹과 인간의 구원을 다룸으로써 『실낙원』에 예시된 주제를 완결시킨 것으로 볼 수 있다. 그리고 같은 해에 밀턴은 고대 희랍 비극을 빌려 극시인 『투사 삼손』을 써서 『복낙원』과 한 권으로 출판한다.

6. "영국이 그대를 필요로 하고 있으니"(1671~)

이들 시편을 발표한 후 밀턴은 1649년부터 쓰기 시작하여 1650년 중반에 마무리한 것으로 추정되는 『영국사』(*History of Britain*)를 1671년에 출판하였다. 밀턴은 1674년 『실낙원』을 고전 서사시의 전례를 따라 12권으로 된 재판을 발행하는데 이것이 그의 마지막 출판이다. 그는 죽기까지 장인 리처드 파월에게서 받기로 되어 있었던 아내의 결혼 지참금 1,000파운드를 결국 받지 못했고 이에 대한 분노의 감정을 유언장에 담고 있다. 밀턴은 만년을 런던의 집에서 조용히 보내며 통풍으로 고생을 한다. 그러다가 1674년 11월 8일 65세를 일기로 생을 마감하고 런던의 세인트 자일스(St. Giles) 교회에 부친 곁에 묻힌다.

밀턴의 사후 그의 공화국에 대한 사상과 이상은 프랑스와 미국에서 계승되었다. 밀턴의 사상은 프랑스 혁명에 상당한 영향을 끼쳤다. 미국에서는 벤자민 프랭클린(Benjamin Franklin)과 토머스 재퍼슨(Thomas Jefferson), 그리고 존 애덤스(John

• 세인트 자일스(St. Giles)
교회의 밀턴 묘비
(Ceridwen의 사진)

Adams) 등이 자신들의 공화주의의 근원을 밀턴의 시와 산문에서 찾았으며 이를 폭넓게 읽고 인용하였다. 이처럼 밀턴이 미국과 프랑스에서는 공화주의의 창시자로 여겨질지 몰라도 정작 잉글랜드에서는 그의 정치적 후계자가 없었다. 잉글랜드 공화주의는 1683년 앨저넌 시드니(Algernon Sidney)와 함께 단두대에서 처형당했고 다시는 살아나지 못하고 잊혀져버렸다.

영어로 창작된 서사시 가운데 여러 면에서 가장 위대하면서 또한 마지막 작품이라고 할 수 있는 밀턴의 『실낙원』은 그 이후의 문학사에 엄청난 영향을 끼쳤다. 그 다양하고 복합적인 영향은 간단히 설명하기에 너무 광대한 주제이기는 하지만, 왕정복고기에서 낭만주의 시대에 이르기까지 많은 작가들이 밀턴의 시를 개작하고 모방했다는 사실만으로도 그의 시가 얼마나 강력한 창작의 자극제 역할을 했는지를 짐작하게 해준다. 밀턴의 시는 18세기에 많은 비평적인 관심을 끌었는데 대표적인 비평가가 조셉 에디슨(Joseph Addison)과 사무엘 존슨(Samuel Johnson)이다. 에디슨은 1712년 『스펙테이터』(The Spectator)라는 간행물에 『실낙원』에 대한 글을 18회에 걸쳐 연속적으로 발표했다.

존슨 박사는 『시인론』(*Lives of Poets*, 1779~1781) 속에 밀턴에 대한 통찰력 있으면서 고집스러운 비평적 전기를 담고 있다. 『실낙원』은 1682년에 독일어로, 그리고 1686년엔 라틴어로 번역되어 유럽의 독자들도 접할 수 있게 되었다. 이후 『실낙원』 번역은 급속도로 진행되어 네덜란드어판(1728), 불어판(1729), 이탈리아어판(1729), 그리스어판(1735), 러시아어판(1777), 노르웨이어판(1787), 포르투갈어판(1791), 폴란드어판(1791), 헝가리어판(1796) 등이 지속적으로 출판되었다.

낭만주의 시인들은 밀턴의 영향을 많이 받았는데 그 가운데 대표적인 시인이 블레이크(William Blake)다. 그는 밀턴이 『실낙원』을 쓸 때에 잠재의식적으로 자기 자신과 대화를 나누고 있으며, 자신도 모르는 사이에 악마의 편(Devil's party)이 되었다고 주장한다. 여기서 블레이크가 의미하는 바는 밀턴이 잠재의식적인 사탄주의자(Satanist)라는 것이 아니라, 본의 아니게 사탄과 그의 추종자들의 반역적이고 영웅적인 상황이 그의 상상력을 사로잡아 그들에게 숭고한 시적 감정과 신보다 더한 비극적 장엄함을 부여하게 되었다는 것이다. 18세기 계몽 운동과 유럽과 아메리카 대륙의 역사를 변화시킨 혁명적인 정치 이데올로기에 의해 영향을 받은 블레이크와 낭만주의 시인들에게 밀턴은 급진적인 계몽주의의 전형으로 여겨졌다. 밀턴의 거의 모든 시에 삽화를 그렸던 화가이기도 한 블레이크는 1804년에 자신의 작품 중 가장 길고 모호한 신화적인 작품 『밀턴』(*Milton*)

을 발표하였다. 여기서 그는 교리와 정통적인 믿음을 초월하는 밀턴의 상상력을 특히 강조하였는데, 밀턴의 뒤를 이어 많은 낭만주의자들이 시인의 숭고한 창조적 상상력을 노래하게 된다.

시대를 대표하는 반항아이며 정치적 급진주의자이자 무신론자로 널리 알려져 있는 셸리(Percy Bysshe Shelley)는 여기서 더 나아가 밀턴이 공화주의자였으며 도덕과 종교를 대담하게 탐구한 인물이었음에 주목하면서, 「『풀려난 프로메테우스』 서문」("Preface to *Prometheus Unbound*", 1819)에서 자신의 주인공 프로메테우스를 밀턴의 사탄과 비교하고 있다. 셸리는 독자들이 『실낙원』을 종교적인 감정으로 읽음으로써 주인공 사탄을 잘못 받아들이고 있다고 비판하고, 밀턴의 악마는 그의 신보다 도덕적으로 훨씬 우월한 존재이며 사탄이 가진 성격의 힘과 장엄함을 능가할 것이 없다고 주장한다. 사탄이야말로 밀턴의 천재성을 가장 결정적으로 증명하고 있다는 것이다.

워즈워스(William Wordsworth)는 무운시 「틴턴 수도원」("Tintern Abbey", 1798)과 『서곡』(*The Prelude*, 1850)에서 밀턴의 『실낙원』에서 볼 수 있는 라틴어에 가까운 구문과 같은 문체적 특성을 따르고 있다. 프랑스 혁명을 지켜본 영국 낭만주의 시인 워즈워스는 "밀턴이여! 그대 이 순간 살아 있어야 하오,/ 영국이 그대를 필요로 하고 있으니"라며 그를 그리워하는 간절한 심정을 다음과 같이 노래하고 있다.

밀턴이여! 그대 이 순간 살아 있어야 하오,
영국이 그대를 필요로 하고 있으니. 이 나라는
지금 물이 괴어 있는 늪. 제단도, 칼도, 펜도,
난로가도, 홀도 규방의 당당한 부도,
그들의 오랜 영국의 유산인 내면의 행복을
잃어버리고 말았소. 우리는 모두 이기적인 사람들.
오! 우리를 일으켜 우리에게로 다시 돌아가게 해 주시오.
그리고 우리에게 예절과 미덕과 자유와 힘을 주시오.
그대의 영혼은 별과 같아 멀리 떨어져 살았고
그대는 바다와 같은 목소리를 갖고 있었소.
청명한 하늘처럼 맑고 장엄하고 자유롭게
그대는 유쾌한 신앙심을 갖고 인생의 평범한 길을
걸어갔소. 그러면서도 그대 마음은
가장 천한 의무도 스스로 떠맡았다오.
　　　　　　　　　　— 윌리엄 워즈워스, 「런던, 1802」

Milton! thou should'st be living at this hour:

England hath need of thee: she is a fen

Of stagnant waters: altar, sword and pen,

Fireside, the heroic wealth of hall and bower,

Have forfeited their ancient English dower

Of inward happiness. We are selfish men;

Oh! raise us up, return to us again;

And give us manners, virtue, freedom, power.

Thy soul was like a Star, and dwelt apart:

Thou hadst a voice whose sound was like the sea:

Pure as the naked heavens, majestic, free,

So didst thou travel on life's common way,

In cheerful godliness; and yet thy heart

The lowliest duties on itself did lay.

— William Wordsworth, "London, 1802"

워즈워스가 말하는 "이 순간"은 영국에서 산업혁명이 일어나고 프랑스와의 전쟁이 일어난 시기를 의미한다. 청교도 혁명을 통해 왕정을 무너뜨리고 공화주의를 실현하기 위해 노력한 17세기의 정치적·종교적 급진주의자 밀턴은 프랑스 혁명의 영향 아래 비인간적인 사회의 억압에서 벗어나기를 갈망한 많은 낭만주의 시인들에게 하나의 모델이 되었다. 이들은 밀턴이야말로 구체제의 억압에 저항하여 시민의 자유와 권리를 회복하고 지켜낼 진정한 공화주의자이면서 예언자적인 시인으로 간주했던 것이다.

낭만주의 시대에는 밀턴이 급진적이고 혁명적인 성향을 지닌 선구자라는 이유로 존경을 받았지만, 체제가 안정된 빅토리아 시대에는 이와 달리 당면한 정치적·종교적·도덕적 문제에 대한 관심사와 연관하여 밀턴이 존경과 경외심의 대상이 된다. 이를 반영하듯이 매슨(David Masson)은 1859년부터 1894

년에 걸쳐 일곱 권으로 된 방대한 밀턴의 전기를 집필하였으며, 밀턴에 대한 풍부한 자료를 제시하고 있는 이 책은 밀턴으로 하여금 국가적으로 존경을 받는 인물로 만들어준다. 20세기 초 밀턴은 자신의 고국인 영국에서 한때 혹평에 시달리기도 하였으나 오늘날 밀턴의 작품은 여전히 많이 읽히고 연구되고 있다. 『실낙원』은 명실공히 영어로 창작된 최고의 시적 업적이라고 여겨지고 있으며, 호메로스나 베르길리우스, 그리고 단테(Dante)와 어깨를 나란히 할 수 있을 정도로 인간의 상상력을 이용한 가장 훌륭한 작품 중의 하나로 인정받고 있다.

실명(失明)과 문학

영국 르네상스 시대를 대표하는 시인이면서 기독교적 인문주의자인 존 밀턴은 잉글랜드 혁명을 지지한 사상가였으며, 혁명이 실패로 돌아가고 완전히 실명(失明)한 상태에서 인간의 타락과 낙

●늙고 눈 먼 밀턴을 찾아온 친구들

원 상실을 다룬 서사시 『실낙원』을 썼다. 워즈워스가 "영국이 그대를 필요로 하고 있으니" 지금 살아 있어야 한다고 노래한 밀턴의 삶과 문학을 그의 실명과 함께 살펴보자. 밀턴은 1644년부터 한쪽 눈이 나빠지기 시작하여 1652년 2월 시력을 완전히 잃게 된다. 그리고 완전히 실명한 상태에서 『실낙원』을 비롯한 후기의 걸작들을 완성하였다. 그는 「그리스도가 탄생한

날 아침에」("On the Morning of Christ's Nativity", 1629)를 발표한 때와 거의 같은 시기부터 소네트를 쓰기 시작하여 그가 완전히 실명한 이후인 1658년에 이르기까지 오랜 기간에 걸쳐 산발적이긴 하지만 계속해서 모두 23편의 소네트를 발표하고 있다. 밀턴의 경우 소네트는 그의 개인적인 성장과 그의 삶, 작가로서의 경력, 그리고 그가 살았던 시대의 역사에 대해 많은 것을 알려주는 중요한 지표가 된다. 그러면 먼저 그가 쓴 소네트 가운데 자신의 실명에 대해 노래한 두 편의 소네트를 읽어보기로 하자. 「소네트 19번」은 밀턴이 완전히 실명한 직후인 1652년에 창작된 것으로 여겨진다. 이 소네트에서 밀턴은 실명이 작가로서의 자신의 삶에 어떤 영향을 미칠 것인지에 대해 의아해하면서 마음의 갈피를 잡지 못하는 모습을 보여주고 있다.

> 이 어둡고 넓은 세상에서 반생애도 되기 전에
> 　나의 눈에서 빛이 소진된 것을 생각할 때,
> 　그리고 그것을 숨기는 것이 곧 죽음인 한 달란트
> 비록 그것으로 조물주를 섬기고, 그분이 돌아와 꾸짖지 않도록
> 나의 계산서를 제출하는 일에 내 마음을 쏟긴 했지만,
> 　이제는 아무 쓸모없는 것이 되었음을 생각할 때
> 　나는 어리석게 묻는다. "하나님은 빛을 허락하지 않고서도
> 낮일을 강요하실까?"라고. 그러나 인내는 그 불평을
> 가로막고 곧 대답한다. "신은 인간의 업적이나
> 　인간의 재능을 원치 않으신다. 그의 가벼운

멍에를 잘 짊어지는 자가 그를 잘 섬기는 것.
그의 나라는 왕국. 수천의 천사들은 그의 명에 따라
달리며 육지나 대양을 넘어 쉴 새 없이 전한다.
다만 서서 기다리는 자가 또한 섬기는 것이니라.”

When I consider how my light is spent,

   Ere half my days, in this dark world and wide,

   And that one Talent which is death to hide,

   Lodg'd with me useless, though my Soul more bent

To serve therewith my Maker, and present

   My true account, lest he returning chide;

   “Doth God exact day-labour, light deny'd,”

   I fondly ask; But patience to prevent

That murmur, soon replies, “God doth not need

   Either man's work or his own gifts; who best

   Bear his mild yoke, they serve him best; his State

Is Kingly. Thousands at his bidding speed

   And post o'er Land and Ocean without rest:

   They also serve who only stand and wait.”

   이처럼 의문으로 가득 차 있으며 끊임없이 자신이 처한 상황에 대한 애매모호한 생각이 이어지고 있는 「소네트 19번」은 이보다 3년 후에 쓴 「소네트 22번」과 여러 면에서 대조를 이루고 있다. 「소네트 22번」은 자신의 절친한 친구 시리악의 이름을 부르며 시작하여 그에 관한 시인 것 같으나 사실은 자신과 자신의 실명이 주제라고 할 수 있으며, 그와 동시에 밀턴의 다른 많은 소네트처럼 명예나 위대한 명성을 주제로 다루고 있다.

> 시리악이여, 이 3년이라는 세월에 이들 눈은 비록
> 　겉보기에는 흠이나 점도 없이 맑아 보이지만
> 　빛을 빼앗겨 보는 것을 잊어버렸다오.
> 　헛되이 움직이는 동공에 일 년 내내
> 해도 달도 별도, 그리고 남자도 여자도 그 모습을
> 　드러내지 않는구려. 그래도 나는 하늘의 손과 뜻에 대항하여
> 　따지거나, 용기나 희망을 조금도 잃지 않고,
> 　묵묵히 참고 앞으로 곧장 나아갈 따름이라오.
> 무엇이 나를 버티게 해주느냐고 그대 묻는가요?
> 　친구여, 그건 나의 숭고한 사명인 자유를 수호하느라
> 　너무 바삐 일하다가 시력을 잃어버렸다는 의식이라오.
> 이에 대해 온 유럽이 여기저기서 말하고 있지요.
> 　이보다 더 나은 인도자가 없다면 눈은 멀었지만 만족하며
> 이 생각에 이끌려 세상의 헛된 가장무도회를 지나가리라.

> Cyriack, this three years' day these eyes, though clear
> To outward view of blemish or of spot,

Bereft of light thir seeing have forgot;

Nor to thir idle orbs doth sight appear

Of Sun or Moon or Star throughout the year,

Or man or woman. Yet I argue not

Against heavens hand or will, nor bate a jot

Of heart or hope; but still bear up and steer

Right onward. What supports me, dost thou ask?

The conscience, Friend, to have lost them overplied

In liberty's defence, my noble task,

Of which all Europe talks from side to side.

This thought might lead me through the world's vain mask

Content though blind, had I no better guide.

1655년에 쓴 이 시는 완전히 실명한 지 3년이 지난 시점에서 자신의 실명에 대한 세간의 공격과 비난에 대해 자신을 변호하면서, 밀턴은 자유를 수호하는 숭고한 일을 하느라 시력을 잃었기 때문에 자신의 실명에 대해 전혀 후회하지 않는다고 친구에게 말하는 투로 주장하고 있다. 어조는 매우 직접적이며 머뭇거리는 기색이 전혀 없으며, 더 이상 "하늘의 손과 뜻에 대항하여/ 따지거나" 희망을 잃고 좌절하는 모습을 보이지 않고 묵묵히 신의 뜻에 따르고 있다.

이 6행 중간에 긴 휴지(caesura)를 둔 뒤에 밀턴은 "그래도 나는 하늘의 손과 뜻에 대항하여/ 따지거나, 용기나 희망을 조금도 잃지 않고,/ 묵묵히 참고 앞으로 곧장 나아갈 따름”이라며 자신의 영웅적인 결단을 밝히고 있다. 자신의 실명을 이야기하면서 밀턴은 변함없는 신의 은총과 보호를 강하게 의식하고 있음을 보여준다. 자유를 지키려는 자신의 고귀한 사명에 대한 신념에 대해서는 1654년에 발표한 『영국민을 위한 두 번째 변호』에서도 “헤라클레스(Hercules)의 기둥에서부터 인도양에 이르기까지, 나는 온 땅의 열방들이 그토록 오래 잃어 버렸던 자유를 회복하는 것을 본다.”라고 말한 바 있다. 이 글에서 밀턴은 실명이 누구에게나 일어날 수 있는 일이며, 역사상 위대하고 덕망 높은 사람들과 시인들 가운데도 장님이 많았음을 티레시아스(Tiresias)와 티몰레온(Timoleon) 등의 실례를 들어 주장한다. 또한 그는 시민의 자유와 종교적 자유를 확장시키는 일이 자신의 의무라는 확신과 애국심, 그리고 열정 때문에 이를 위해 노력했으며, 자신의 야망을 이루거나 어떤 이익을 얻거나 칭찬을 듣기 위한 사심은 추호도 없었음을 강변한다. 밀턴은 1649년에 발표된 살마시우스의 『왕의 옹호』에 대응하는 글을 써 달라는 부탁을 국무회의로부터 받았을 때 실명을 할지도 모른다는 의사의 강력한 만류와 경고에도 불구하고 1651년에 라틴어로 된 『영국민을 위한 변호』를 쓰게 된 경위를 『두 번째 변호』에서 자세히 밝히고 있다. 그는 “실명하느냐 아니면 나의 의무를 저버릴 것이냐 하는 선택의 기로에서 나의 결단은 흔들리지 않았다.”며 델피(Delphi)에서 신탁을 받았을 때

의 아킬레스(Achilles)의 심정을 예로 들며 감동적인 어조로 자
신의 심경을 토로하고 있다.

두 가지 운명이 나를 밤의 영역으로 인도할 것이다.
만약 여기 머문다면 트로이의 성벽 주변에서 나는 싸우
게 될 것이고,
사랑하는 조국에는 다시는 돌아가지 못할 것이지만,
영원한 영광이 나의 유골을 장식할 것이다.
그러나, 만약 내가 전투에서 물러선다면
내 명성은 짧지만, 내 생명은 길 것이다.

Two fates may lead me to the realms of night;

If staying here, around Troy's wall I fight,

To my dear home no more must I return;

But lasting glory will adorn my urn.

But, if I withdraw from the martial strife,

Short is my fame, but long will be my life.

—『일리아드』9, 410~416

아킬레스처럼 밀턴도 길고 따분한 삶을 살 것이냐, 아니면
짧고 영광스러운 삶을 살 것이냐는 선택의 갈림길에 섰을 때,
기꺼이 조국을 위해 실명을 택했다고 담담히 밝히고 있는 것
이다. 계속해서 밀턴은 『두 번째 변호』에서 많은 사람들이 많

은 악으로 작은 선을 사고 죽음으로 영광을 사지만, 자신은 실명이라는 값만 치르고 영광스러운 의무를 완수할 수 있었으니 이들과 정반대로 작은 고통으로 큰 선을 산 것이라고 겸손해한다. 밀턴은 눈이 멀었다고 그를 욕하는 많은 이들이 눈은 떠 있으나 마음에 구름이 드리워 이성과 양심의 빛을 보지 못하지만, 자신은 사물의 다채로운 외양만 보지 못할 따름이지 그 사물의 본질적이고 참된 면을 지적인 비전으로 볼 수 있다면서, 약할수록 강하며 보지 못할수록 분명하게 본다는 역설로 자신의 실명을 강하게 변호하고 있다.

시인은 「소네트 22번」의 9행에서 "무엇이 나를 버티게 해주느냐"는 물음에 그건 "나의 숭고한 사명인 자유를 수호하느라/ 너무 바삐 일하다가 시력을 잃어버렸다는 의식이라오"라며 자신의 실명을 마치 전쟁터에서 입은 부상과 같이 이야기하고 있다. 이는 밀턴 자신이 조국의 정치적, 종교적 자유를 변호하느라 너무 많은 글을 읽고 썼기 때문에 실명하게 되었음을 암시하는 구절이다. 그는 이 소네트에서 실명하였음에도 불구하고 좌절이나 분노를 느끼지 않고, 자신의 산문을 통하여 전 세계의 독자들 앞에서 신이 자신에게 부여한 명령인 영국을 변호하는 일을 완수한 기쁨을 노래하고 있다.

이 시에서 "헛되이 움직이는 동공에 일 년 내내/ 해도 달도 별도, 그리고 남자도 여자도 그 모습을/ 드러내지 않는구려"라는 구절은 『실낙원』 제3권 시작 부분의 기원(invocation)을 연상시킨다.

나는 무사히 다시 너를 찾아

너의 높은 생기 있는 불빛을 느낀다. 그러나 네가
이 눈에 다시 돌아오지 않는다면, 눈은 헛되이 굴러
너의 섬광을 찾으나 새벽을 보지는 못하리라.
그렇게 두꺼운 흑내장이 안력을 빼앗았거나
어두운 백내장에 덮였으니…

이처럼 해는 바뀌어

계절은 다시 돌아오지만, 내게는 돌아오지 않네.
날도, 아침저녁이 달콤하게 다가옴도
봄철의 꽃이나 여름날 장미의 광경도
양떼나 소떼, 거룩한 사람의 얼굴도.
다만 나는 구름과 개는 날 없는 어둠에
싸여, 사람들의 즐거운 삶에서 단절되고
아름다운 지식의 책 대신
지우고 깎아버린 자연 만물의
끝없이 망망한 백지만이 주어져
지혜는 한쪽 문으로 내밀려버렸구나.
그러니 그대 하늘의 빛이여, 더욱더
내 속을 비춰다오, 마음의 온 능력을 샅샅이
밝혀다오. 거기에 눈을 심고 모든 안개를
거기서 깨끗이 걷어내어 인간의 눈으로
볼 수 없는 것들을 보고 말할 수 있도록.

> thee I revisit safe,
>
> And feel thy sovran vital Lamp; but thou
>
> Revisit'st not these eyes, that roll in vain
>
> To find thy piercing ray, and find no dawn;
>
> So thick a drop serene hath quencht thir Orbs,
>
> Or dim suffusion veil'd⋯
>
> Thus with the Year
>
> Seasons return, but not to me returns
>
> Day, or the sweet approach of Ev'n or Morn,
>
> Or sight of vernal bloom, or Summer's Rose,
>
> Of flocks, or herds, or human face divine;
>
> But cloud instead, and ever-during dark
>
> Surrounds me, from the cheerful ways of men
>
> Cut off, and for the Book of knowledge fair
>
> Presented with a Universal blanc
>
> Of Nature's works to me expung'd and ras'd,
>
> And wisdom at one entrance quite shut out.
>
> So much the rather thou Celestial Light
>
> Shine inward, and the mind through all her powers
>
> Irradiate, there plant eyes, all mist from thence
>
> Purge and disperse, that I may see and tell
>
> Of things invisible to mortal sight.

—『실낙원』 3, 21~26 · 40~55

일반적으로 "빛에게 하는 말"(Address to Light)로 일컬어지는 이 기원은 시 전체에서 가장 솔직하고 개인적인 내용을 담고 있으면서도, 신학적·철학적·예술적 의미에서 가장 깊이가 있고 밀턴 자신의 실명과 같은 자전적인 요소가 많이 들어 있다. 시인은 여기서 자신이 시각을 상실했기 때문에 거의 어떤 시인도 이전에 시도해서 성공하지 못했던 신을 묘사하는 작업이 가능하게 된 것으로 생각하면서, 실명을 신의 은총으로 여기고 있다. 밀턴은 이처럼 "인간의 눈으로는 볼 수 없는 것들"이기에 감히 생각하지도 못했던 일을 자신이 실명했기 때문에 오히려 할 수 있게 되었음을 감사하고 있다. 하늘을 원망하지 않고 묵묵히 자신의 신념을 위해 나아가는 시인에게서 불행을 당했을 때도 아내와 친구들의 비난과 부당한 대우를 꿋꿋이 견디는 성경의 욥(Job)의 믿음을 엿볼 수 있다.

그리스 비극의 형식을 취하고 있는 1671년에 출판된 극시 『투사 삼손』 역시 시력을 빼앗긴 채 노예 상태로 전락한 삼손의 모습에서 왕정복고 후의 밀턴의 모습을 찾아볼 수 있다. 자기희생을 통해 이스라엘을 구하려 했던 삼손은 그리스도의 전형인 동시에 전제왕정과 불신앙으로부터 영국 민중을 해방시키려 했던 '투사 밀턴' 자신과도 평행을 이루고 있다. 왕정복고로 적들에게 둘러싸인 눈먼 밀턴의 고통에 찬 절망적 절규가 삼손의 비탄소리를 통해 그대로 전달되고 있다. 삼손의 독백을 들어보자.

● 투사 삼손
이스라엘을 구하려다 시력을 빼앗긴 채 노예가
된 삼손의 모습은 영국 민중을 해방시키려 했
다가 왕정복고로 인해 적들에게 둘러싸인 눈먼
노년의 밀턴의 모습과 평행을 이룬다.

● 『투사 삼손』의 표지

아, 시력의 상실, 너를 나는 무엇보다도 한탄하노라!

적중에서 눈이 멀다니. 아 사슬보다도

감옥이나 구걸이나 노쇠함보다도 더 불행이구나.

하나님이 최초로 만드신 빛이 내겐 꺼지고,

내 슬픔을 조금은 덜어주었을

온갖 기쁨의 대상도 다 사라져버렸네.

이제 나는 인간이나 버러지 중 제일 비천한 것보다

더 못해졌으니, 가장 천한 것들도 나보다는 낫다네.

그것들은 기어 다니지만 볼 수 있고, 나는 빛 속에서도 캄캄히

매일 같이 기만과 멸시, 욕설과 학대에 노출되어 있다네…

아, 어둡다, 어둡다, 어둡다, 대낮의 한복판에서

영원히 어둡구나. 완전히 빛이 꺼져

낮의 희망은 전혀 없구나.

아, 최초에 창조된 빛이여, 그리고

"빛이 있으라 하시니 만물 위에 빛이 있었도다."는 너 위대

한 말이여,

어째서 나는 이와 같이 너의 최초의 선고를 빼앗겼을까?

태양은 내게 어둡고

저 달처럼 말이 없구나.

일을 쉬는 어둔 밤의 동굴에

숨어 밤을 버렸을 때의 달처럼.

빛은 생명에 이렇게 필요한 것이기에

그리고 거의 생명 그 자체이기에, 만일에 참으로

빛이 영혼 속에 있고 신체 각 부분에 고루 들어 있는 것이

라면, 어째서 시력이

이 눈과 같은 연약한 구체에만 국한되었을까?

이토록 상하기 쉽고 이렇게 꺼지기 쉬운, …

　　　　　　그러나 아, 더욱 비참하도다,

내 자신이 무덤이니, 움직이는 무덤이라네.

O loss of sight, of thee I most complain!

Blind among enemies, O worse then chains,

Dungeon, or beggary, or decrepit age!

Light the prime work of God to me is extinct,

And all her various objects of delight

Annull'd, which might in part my grief have eas'd,

Inferior to the vilest now become

Of man or worm; the vilest here excel me,

They creep, yet see; I dark in light expos'd

To daily fraud, contempt, abuse and wrong, ···

O dark, dark, dark, amid the blaze of noon,

Irrecoverably dark, total Eclipse

Without all hope of day!

O first created Beam, and thou great Word,

"Let there be light, and light was over all";

Why am I thus bereav'd thy prime decree?

The Sun to me is dark

And silent as the Moon,

When she deserts the night,

Hid in her vacant interlunar cave.

Since light so necessary is to life,

And almost life itself, if it be true

That light is in the Soul,

She all in every part; why was the sight

To such a tender ball as th' eye confin'd?

So obvious and so easy to be quench't, ···

　　　　but O yet more miserable!

My self, my Sepulcher, a moving Grave,

　　　　—『투사 삼손』 67~76 · 80~95 · 101~102

시력을 상실한 것을 무엇보다 한탄하며 슬픔을 토로하면서 삼손은 "온갖 기쁨의 대상도 다 사라져버렸네"라며, 자신이 "인간이나 버러지 중 제일 비천한 것보다" 못한 자신의 처지에 괴로워한다. 그는 자신이 매일 "기만과 멸시, 욕설과 학대에 노출되어 있다네"라며 왕정복고 이후 자신이 겪고 있는 비참한 상황을 이야기하고 있는 듯하다. 당시의 정치현실은 왕정이야말로 지상낙원이라고 믿는 왕당파들이 판치고 있었는데, 이에 대항해야 할 밀턴은 육체적으로 눈멀고 고독에 사로잡혀 있었으며 정신적으로는 혁명실패의 충격에 휩싸여 있었던 것이다. 모든 정치적 꿈과 이상이 무너져버린 지금 삼손과 밀턴은 "내 자신이 무덤이니, 움직이는 무덤이라네"라고 절규하면서 몸부림치고 있는 것이다.

결혼의 진정한 의미와 이혼의 자유

"바다에 나갈 때는 한 번 기도하고 전쟁에 나갈 때는 두 번 기도하고 결혼하기 전에는 세 번 기도하라."는 말이 있다. 인생은 선택의 연속이고 그중에서도 결혼은 일생에서 가장 중요한 일인 만큼 신중하게 결정해야 한다는 얘기다. 그렇다면 그 결혼생활을 청산하는 이혼은 훨씬 더 어려운 선택이라고 할 수 있을 것이다. 존 밀턴은 결혼의 본질과 이혼의 자유에 대해 자신의 산문 『이혼론』에서 깊이 다루고 있다. 그는 이 글에서 "사랑이 없는 결혼생활은 죄악"이라고 말했지만 검은머리 파뿌리 되도록 살기로 한 다짐을 깬다는 것 역시 쉬운 일이 아닐 것이다.

만남이 있으면 헤어짐이 있다는 흔한 말도 있지만, 이혼은 분명 연애하다가 이별을 하는 경우보다 당사자들에게 중대한 결심과 선택을 요구하는 문제이다. 그럼에도 불구하고 전통적

유교국가인 우리나라에서도 이혼율은 갈수록 높아지고 있는 것이 현실이다. 1990년대 들어 일본에서는 남편의 퇴직금을 겨냥한 이른바 '정년이혼'이 화제가 되더니 최근 우리나라에서는 '황혼이혼'에 이어 '충동이혼'이란 말까지 등장했다. 혼수나 부인의 흡연, 생활비 등 사소한 문제로 다툼을 벌이다 충동적으로 이혼을 결심하는 경우가 많다는 것이다. 법원행정처가 펴낸 사법연감에 따르면 2009년 법원에 접수된 이혼소송은 하루 평균 113건으로 1998년에 비해 5.3% 증가했으며 하루 평균 346쌍이 협의이혼을 한 것으로 나타났다. 그리고 통계청이 발표한 '2010년 이혼 통계'에 따르면 한국의 이혼 건수는 11만 9000건으로 경제협력개발기구(OECD) 국가 중 이혼율 1·2위를 다투고 있다.

우리 법원은 이혼에 대해 상당히 엄격한 편이다. 법률상 이혼사유(민법 840조)로는 생사불명, 존속 혹은 본인 학대, 악의적 유기, 부정행위와 같은 것들이며, 혼인이 사실상 파탄에 이른 경우 구태여 누구의 책임인지를 따지지 않고 이혼을 허용하는 서구의 파탄주의(破綻主義)를 아직 채택하지 않고 있다. 혼인의 파탄에 책임이 있는 사람은 이혼을 청구할 자격이 없다는 유책주의(有責主義)를 기반으로 삼고 있기 때문이다. 대법원은 지난해 남편의 폭언 등에 눌려 평생 숨 한번 제대로 못 쉬고 살아왔다며 칠순 할머니가 팔순 할아버지를 상대로 낸 이혼소송을 기각, 행복추구권을 주장하는 여성단체들의 반발을 사기도

했다.

그러나 한편에서는 과연 국가가 개인의 사적인 결합이나 애정 문제에 개입해야 하는가에 대한 논란이 제기되고 있다. 간통제 폐지에 대한 주장 또한 그 일환이다. 이러한 움직임은 복지와 삶의 질에 대한 관심이 증가하고 있는 현대 사회에서 육체적 권리의 보장 때문에 인간의 감정과 행복이 침해받는 것에 대한 근본적인 의문에서 출발하는 것이라 할 수 있다. 즉, 결혼은 인간을 더 풍요롭게 해주는 것이어야지 사랑을 구속하는 것이 되어서는 안 된다는 것이다. 이에 따라 보다 다양화된 가족 형태에서부터 결혼제도 자체의 부정이라는 다소 극적인 방법까지 등장하고 있지만, 일반적으로 동거라는 형태의 대안이 유럽을 중심으로 하여 하나의 추세가 되고 있다.

연봉 4,500만 원 이상, 신장 177cm가량의 남성, 연봉 3,200만 원 이상, 신장 163cm가량의 여성. 얼마 전 모 결혼정보회사에서 나온 보도 자료에 의한 이상적인 신랑감과 신붓감의 기준이다. 사실 실제 통계청에서 집계한 대한민국 평균 초혼연령 남녀의 평균 연봉이 2,994만원, 2,103만원, 평균 신장이 173cm, 161cm라는 사실을 감안할 때, 비록 이러한 표면적인 기준으로만 판단하기는 어렵겠지만 역시 현실과 이상의 차이는 쉽게 극복되지 않는 것인 듯하다. 통계적인 수치상으로 볼 때 우리나라는 이혼율 세계 1위라고 한다. 이러한 어두운 현실을 살아가는 우리는 다음과 같은 근본적인 질문을 던지게 된다. 과연 결혼이라는 제도는 왜 존재하는 것인가? 결혼의 진정한 의미는 무엇이며 결혼에서 가장 중요시해야 하는 점은 무엇인가? 만약 이혼을 허락한다면 그 기준은 과연 무엇일까? 이러한 질문에 대해 밀턴의 『이혼론』은 결혼과 이혼에 대한 본질적인 문제에 대해 깊이 생각할 기회를 제공하는 고전이라고 할 수 있다.

1. 양성의 행복을 위해 이혼의 자유를 논하다

1643년 8월 밀턴은 이혼에 관한 최초의 글인 『이혼론』(*The Doctrine and Discipline of Divorce*)의 초판을 익명으로 출판하고, 이듬해에 장을 구분하고 내용을 보완하여 재판을 발간한다. 1642년 8월 찰스 1세는 의회를 진압하고 정부를 되찾기 위해 군대를 일으켰다. 의회가 이에 대응하여 언제 끝날지 모르는 최초의 내란(Civil War)이 시작되었다. 의회와 의회 지지 세력의 본거

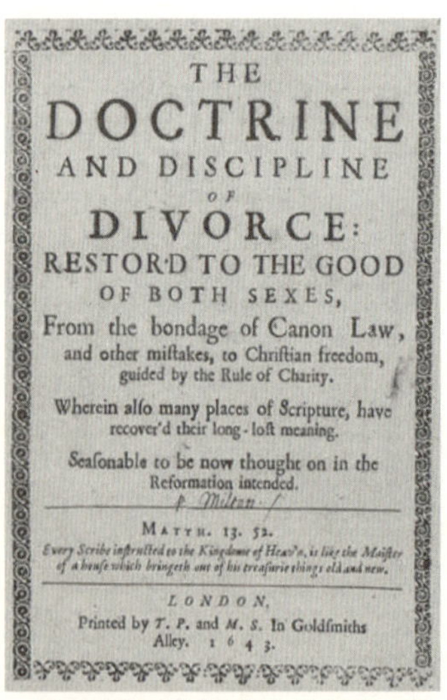

● 1643년 출판된 『이혼론』의 초판 표지

 존 밀턴의 생애와 사상

지면서 동시에 밀턴의 출생지이자 거주지이기도 한 런던은 한 동안 왕당파에 의해 점령될 심각한 위협에 빠져 있었다. 그러나 수도 내부에서는 청교도 혁명이 빠르게 진행되고 있었다. 장기 의회(Long Parliament)는 그 당시 주요 신학자로 구성된 상임 위원회, 즉 웨스트민스터 위원회(Westminster Assembly of Divines)를 소집했다. 1643년 1월 1일 첫 모임을 연 이들은 잉글랜드 교회의 교리와 원리를 총 점검하는 일과 밀턴이 반주교제 논문에서 주창했던 부차적인 개혁을 담당했다.

소책자 초판의 제목과 부제를 그대로 번역하면 "양성의 행복을 위하여 회복된 이혼의 교리와 원리. 교회법의 속박과 다른 오류로부터 사랑의 원리로 인도된 기독교인의 자유로. 성경의 많은 부분이 오랫동안 잃어버렸던 의미를 되찾게 됨. 종교개혁을 하려는 바로 지금 생각하기에 시의적절한 사상"(Restored to the Good of Both Sexes: From the bondage of Canon Law, and other mistakes, to Christian freedom, guided by the Rule of Charity. Wherein also many places of Scripture, have recover'd their long-lost meaning. Seasonable to be now thought on in the Reformation intended)이라는 긴 내용을 담고 있다. 1644년 초에 상당히 많이 증보된 재판에는 "교회법의 속박과 다른 오류로부터 신구약을 대조한 성경의 참된 의미로 양성의 행복을 위하여 회복된 이혼의 교리와 원리. 여기서 또한 하나님의 율법이 허용하고 그리스도가 폐지하지 않았던 죄를 폐하거나 정죄하는 잘못된 결과들이 바로 잡힘. 두 번째 개정판이고 두 권으로 많은 내용이 증보됨. 위원회와 잉글랜드 의회에게"(Restor'd to the good of both Sexes, From the bondage of Canon Law, and other mistakes, to the true meaning of scripture in the Law and Gospel compar'd. Wherein also are set down the bad consequences of abolishing or condemning of Sin, that which the Law of God allowes, and Christ abolisht not. Now the second time revis'd and much augmentd, In Two Books: To the Parliament of England with the Assembly)라는 새로운 부제가 붙어 있다. 초판과 달리 재판에서는 이 글이 장로파들로 구성된 웨스트민스터 위원회(Westminster Assembly)와 의회를 주 독자층으로 염두에 두고 쓴 글임을 분명히 밝힘으로써 이들을 통해 이혼과 관련한 정책을 개혁하려는 의도를 드러내고 있다. 또한 초판에는 출판업자와 출판지에 대한 정보는 실으면서도 정작 저자 자신의 이름은 밝히지 않았는데 반하여, 재판에서는 출판업자의 이름은 빠지고 대신 저자의 이름이 이니셜로 **"The Author J. M."**라고 밝혀져 있다. 그렇게 한 이유는 이 소책자는 명백히 자신의 신념을 담고 있으며 반대자를 적절한 토론에 초대한다는 의미를 담고 있다.

밀턴이 다룬 주제는 정치적인 이유와 개인적인 이유에서 시의 적절했다. 교회의 주교제와 교회법 체제를 폐지한 후 잉글랜드 교회를 안정시키기 위해 의회는 웨스트민스터 위원회의 조언을 구하였다. 위원회가 다룬 문제 가운데는 결혼과 이혼도 포함되어 있었다. 『이혼론』을 발표할 당시 밀턴은 거의 버림받았다고 할 정도로 불행한 결혼생활을 하고 있었다. 밀턴은 33세가 되던 1642년에 유명한 왕당파 정치지도자인 리처드 파월(Richard Powell)의 장녀로 당시 17세인 메리 파월(Mary Powell)을 만나 한 달도 채 안되어 결혼했다. 그러나 서로 간에 실망스러운 두 달을 보낸 후 그녀는 옥스퍼드셔(Oxfordshire)에

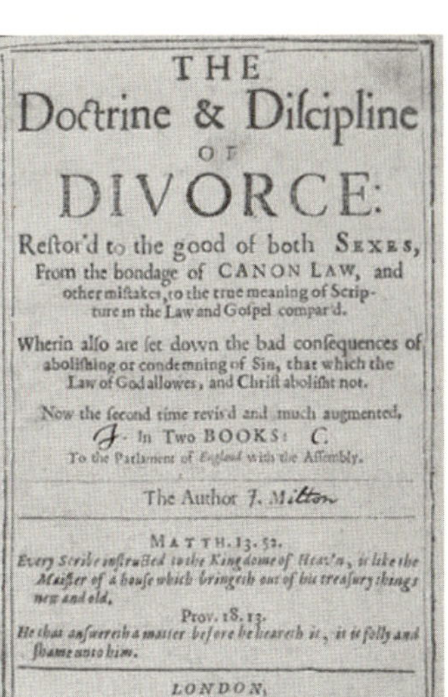

● 1644년 출판된 『이혼론』의 재판 표지
많은 내용이 증보된 재판의 표지에는
웨스트민스터 위원회와 의회를 대상으
로 쓴 글임을 적시하는 한편, 자신의
이름을 밝히고 있다.

있는 자신의 가족에게로 돌아가고 밀턴은 1645년까지 그녀를 다시 만나지 못했다. 17세기 당시 영국의 결혼에 관한 법률은 배우자의 부정이나 학대로 인해 이혼하게 된 죄 없는 쪽도 다시 결혼할 권리를 갖지 못하도록 규정하고 있었다. 이에 밀턴은 메리 파월과의 성급하고 무분별한 결혼으로 인해 이혼할 자유의 필요성을 느끼게 된다. 밀턴의 조카 에드워드 필립스(Edward Phillips)의 증언에 따르면, 갑작스런 결혼과 아내가 친정으로 간 후 소식이 두절된 과정, 그로 인한 밀턴의 심경을 밝히면서, 밀턴의 개인적인 좌절과 괴로움이 『이혼론』의 동기

가 되었음을 주장한다. 밀턴이 남긴 『비망록』(*Commonplace Book*)으로 미루어 볼 때 그는 파월과 결혼하기 전부터 결혼과 이혼이라는 문제에 대해 곰곰이 생각하고 있었다는 것을 알 수 있지만, 『이혼론』에서는 그의 결혼생활이 무척 불행하고 충격적이었다는 사실이 여기저기서 감지된다.

2. 기질과 성격상의 차이도 이혼의 사유가 될 수 있다

밀턴이 결혼할 당시 그의 생애에 대한 기록은 상대적으로 빈약하지만 이즈음 그는 한 부유한 미망인과 결혼하도록 제의를 받은 것 같다. 그때 밀턴은 "나는 분별 있고 고상한 정신을 가진 사람들과 같이 가장 부유한 미망인보다 가난하지만 정직하게 자란 처녀를 선택할 생각이다."라고 자신의 심경을 피력하고 있다. 물론 이 말이 결혼이나 배우자에 대한 밀턴의 일반론적인 생각인지 아니면 특정 여성을 염두에 두고 한 말인지는 분명하지 않지만, 그가 결혼을 어떻게 개념화하고 설명했는지 분명하게 보여주고 있다. 밀턴은 결혼 계약(marriage contract)을 보다 낭만적이고 애정에 기초한 시각에서 해석한 진보적 사회 구성원이었다고 할 수 있다.

로렌스 스톤(Lawrence Stone)은 근대 초기에 일어난 결혼 계약에 대한 생각의 변화를 생생하게 묘사하고 있는데, 그 변화

가운데 가장 중요한 요인은 급진적인 신교도들이다. 이들은 점점 생겨나고 있는 핵가족제도 내에서 친족에 대한 충성보다 개인적인 믿음에 더 충실하면서 구원을 개인적인 선택의 관점에서 인식하는 세계관을 지지하였다. 스톤은 17세기에 이루어진 성의 정치학에 일어난 혁명을 다음과 같이 요약하고 있다.

1700년대 즈음에 자본가 계급(bourgeois)과 지주 계급(gentry) 가운데 새로운 가족 형태가 명백히 부상하고 있었다, … 이들의 구체적인 사례는 다음과 같다. 강한 혈족간의 유대는 사양길에 접어들었고 그러한 유대가 남아 있더라도 점차 가까운 친척 사이로 한정되었다. 배우자 선택은 부모의 결정이 아닌 자유로운 선택에 의해 이루어졌고 돈이나 지위 혹은 권력의 향상에 대한 계산만큼이나 지속적인 상호 애정에 대한 기대감도 작용하였다. 최고의 귀족층을 제외하고는 결혼지참금이나 과부급여(jointure)와 같은 재정적인 문제가 안정되고 탄탄한 애정에 기초한 미래의 개인적인 행복에 대한 전망만큼 결혼협상에 결정적인 역할을 하지 못했다. 그 결과 상속녀와의 결혼은 점점 줄어들었고, 한 혈족의 같은 지파 내에서의 결혼도 줄어들고, 젊은 남자가 상당히 나이가 든 여성과 결혼하는 경우도 줄어들었다.

스톤은 결혼과 배우자의 선택에 있어서 개인 상호간의 관계를 중시하는 새로운 경향의 본보기로 밀턴을 자주 언급하고 있다. 밀턴의 첫 번째 결혼은 앞서 그가 결혼에 대해 밝힌 생각을 행동으로 옮긴 결과로 볼 수 있다. 사실 밀턴의 첫 번째 부인이 된 메리 파월은 나이가 어린 아가씨로 재정적으로도 볼품없는 결혼 상대였다. 그녀는 옥스퍼드셔 출신 지주 계급인 젠트리 집안의 맏딸이었다. 그녀의 아버지는 밀턴의 아버지를 위시한 많은 대부업자로부터 돈을 빌렸는데, 밀턴의 아버지는 파월 집안으로부터 아주 가까운 곳에서 성장하였다고 한다. 밀턴은 일 년치 이자를 받으러 갔다가 1642년 여름 메리를 처음 만났고 짧은 구애 끝에 그녀와 결혼을 했다. 당시 그녀의 아버지 리처드 파월의 순 자산은 땅에 있었고 그 대부분이 저당 잡혀 있는 상태였다. 근대 초기에 유산계급(the propertied classes)이 결혼할 때는 통상적으로 신부의 아버지가 사위에게 자신의 딸을 지켜주는 비용으로 자산이나 일정액의 돈을 지참금으로 지불하였다. 밀턴도 파월 집안의 당시 형편에 비추어 상당히 괜찮은 액수인 천 파운드의 지참금을 받기로 되어 있었으나 1674년 그가 죽을 때까지 그 돈을 받지 못했다.

밀턴은 33세의 나이에 앞서 말한 17세의 "가난한 집안의 처녀"와 결혼을 했다. 당연히 그녀는 그가 잠자리를 같이한 첫 여자였을 것이다. 밀턴의 초기 전기 작가들은 그 관계가 처음부터 실망스러운 점이 없지 않았다는 사실에 대체로 의견을 같이 한다. 얼마 후 그녀는 친정 가족에게로 돌아갔으며 그곳에서 삼 년을 머물렀다. 그렇게 된 가장 큰 원인은 내란이었던 것 같다. 옥스퍼드는 왕당파의 임시수도였고, 밀턴은 의회파의 본거지인 런던에 살고 있었다. 왕당파였던 파월 집안사람들은 골수 청교도인 밀턴과의 혼인 관계로 인해 어려움에 처할 수 있다고 인식했을 것이다. 이들의 결혼 관계에 대한 자세한 속사정을 알 수는 없지만, 이런 개인적인 사건들을 겪음으로써 급진적이고 탐구심이 많은 밀턴이 당시 별로 논의가 되지 않았던 이혼 개혁이라는 문제를 집중적으로 다루게 되었을 것이라는 사실은 쉽게 추측할 수 있다.

밀턴이 이혼 개혁을 위해 활동을 한 것은 자신의 아내와 이혼하기 위한 새로운 구실을 만들기 위해서일까? 나는 이 문제가 밀턴에게 그처럼 단순했던 것이 아니었다고 생각한다. 1643년 여름 그가 시작한 운동은 정서적으로나 지적으로 혹은 사상적으로 도저히 서로 성격이 맞지 않음으로 인해 결혼의 좋은 목적이 달성될 수 없다면 법을 고쳐서라도 구제책을 마련해주어야 한다는 결혼에 대한 그 시대의 진보적인 생각과 일치한다. 그러나 밀턴이 내린 논리적인 결론인 인간관계를 중시하는 고상한 결혼관을 동시대인들은 받아들이기 어려웠던 것으로 보인다.

당시의 법에 의하면 이혼은 간음이나 성적 불구, 혹은 처자 불법유기(desertion)의 경우에만 허용되었다. 이혼한 경우 일반적으로 양측의 재혼은 허용되지 않았다. 이혼은 부부 중 한 명의 잘못에 의해 성립되었으며, 상호간의 불행을 낳는 결혼이라는 개념은 법적인 이혼의 사유로 중요한 의미를 지니지 못했다. 이혼에서 일반적으로 문제가 되는 것은 부부가 성생활을 할 수 있는지, 또는 상대가 다른 상대에게 성적으로 충실한가 하는 등 근본적으로 성적인 내용들이었다. 물론 밀턴도 결혼이 일반적으로 성적인 관계이고 성생활이 결혼에서 중요한 부분임을 인정한다. 그러므로 그는 이혼을 하지 못하고 재혼을 할 수 없어 성적 불만을 느낀 남편이 "창녀촌을 찾거나 이웃집 침실을 드나듦으로 잃어버린 만족을 채우게 될 때, 이는 불행의 일반적인 임시변통일 뿐이다."라고 했다. 양성간의 지적인 조화의 중요성을 강조한 밀턴은 우발적으로 간음하거나 창녀를 찾는 것은 깊은 대화를 나누는 사랑과는 근본적으로 다른 차원의 것임을 분명히 하고 있다.

밀턴은 단지 간음과 불감증의 경우에만 이혼을 허락하는 교회법을 여전히 고수함으로써 영국민들이 종교개혁을 이루는 데 더디다고 비판의 목소리를 높인다. 그는 이혼법의 개혁을 주장하면서 이혼을 허용하는 성경 본문과 이를 금하는 본문에 대한 해석을 통해 이들 사이의 조화를 모색하고 있다. 밀턴은 모세가 "남편이 아내에게서 수치스러운 일을 발견하여 아내와 같이 살 마음이 없을 때에는"(she find no favour in his eyes, because he hath found some uncleannesse in her) 이혼할 수 있다고 말한 신명기 24장 1~2절과 하나님이 "사람이 혼자 사는 것이 좋지 아니하니 내가 그를 위하여 돕는 배필을 지으리라"(it is not good that man should be alone; I will make him an help meet for him)고 한 창세기 2장 18절을 언급하면서, 육체적이고 정신적인 불일치 모두를 고려하는 좀 더 폭넓은 관점에서 이혼을 주장한다.

그렇다고 해서 밀턴은 자신이 사소한 이유로 인한 이혼에 대해 말하고 있는 것은 아니다. 진정한 결혼이란 정신적인 교감이 끊임없이 이뤄지고 영혼과 육체가 하나가 되는 것이므로, 이러한 결합을 이루지 못하는 개인의 경우에는 이들을 자유롭게 해주기 위해 이혼이 허용되어야 한다는 것이다. 어떤 부부는 인간의 타락으로 인해 생긴 "자신들의 잘못이 아닌 본성"인 기질이나 성격 때문에 서로 사랑할 수 없고 따라서 서로의 외로움을 채워줄 수 없는 경우가 있다. 사실 사랑하지 않는 배우자와 성관계를 갖는 것은 외로움을 달래주기보다 오히려 외로움을 증대시킨다고 할 수 있다. 밀턴은 모세가 이혼의 사유로 신명기에서 말한 "수치스러운 일" 내지는 "부정함"(uncleanness; fornication)이란 성적인 부정만을 의미하는 것이 아니라 지적이고 정신적인 부조화(incompatability)까지 포함하는 것으로 본다. 즉 이는 단지 간음과 같은 성적인 죄뿐만 아니라 "남편에게 확실한 모욕감을 주기 위한 듯이 지속적으로 행해지는 고집 센 행동"도 의미하는 것으로 해석한다. 그는 나아가

사사기 19장 2절에서 말한 "행음"(fornication)도 "간음이 아니라 남편에게 거스르는 완고한 불순종"으로 이해해야 한다고 주장한다.

그러나 이러한 해석은 "음행한 연고 없이 아내를 버리면 이는 저로 간음하게 함이요 또 누구든지 버린 여자에게 장가드는 자도 간음함이니라"라는 신약 마태복음 5장 32절의 이혼을 엄격히 금하는 듯한 예수의 말과 관련지을 때 어려운 문제에 직면하게 된다. 밀턴은 이에 대해 예수가 마태복음 19장 3~9절에서 배우자가 간음한 경우 외에는 이혼을 분명하게 금한 것에 대해서 마음이 강퍅하고 위선적인 바리새인을 타깃으로 한 가르침이라고 재해석한다. 밀턴의 주장을 좀 더 자세히 살펴보면 다음과 같다. 즉, 이혼에 대한 모세의 가르침은 단지 실제적으로 재판의 기준이 된 사법적 법(judicial law)일 뿐만 아니라 도덕률(moral law)이기도 하다는 것이다. 따라서 만약 이혼을 허락하게 되면 유태인으로 하여금 죄를 범하도록 허락하고 심지어 이를 조장하는 모순에 하나님이 빠지게 되므로, 이런 이유로 예수는 이혼을 금했다고 본다. 밀턴이 계속해서 모세의 도덕률과 복음서를 읽는 안내자로서 이 도덕률이 지닌 가치의 관련성을 강조하고 있는 점은 그가 이전 반주교제 소책자에서 견지했던 입장으로부터 떠나 새로운 주장을 하고 있음을 보여준다. 반주교제 소책자에서 밀턴은 유태교의 종교의식에 대한 율법(ritual law)을 주교제의 선례라고 하며 이의 정당성을 주장한 반대파들의 시도에 대해 공격하며 반론을 편 바 있기 때문이다.

밀턴은 순진하게도 자신의 주장이 청중들에게 환영을 받을 것을 예상하면서 자신이 "술과 기름의 발명자들을 보다 나은, 시민과 인간의 삶에 공적인 은혜를 끼친 사람들 중 한 명으로 평가받기를" 기대하였다. 그러나 그는 자신이 개정판에 첨가한 것처럼 "인정받지 못하는 진리의 유일한 옹호자"라는 나쁜 평판을 얻었을 따름이다. 결혼과 이혼 문제를 다룬 웨스트민스터 위원회에서 의장을 맡았던 허버트 파머(Herbert Palmer)는 1644년 8월 13일 의회에서 행한 설교에서 『이혼론』을 가리켜 "자신의 이름을 책에 넣어서 여러분들에게 헌납할 정도로 너무나도 무례하고 뻔뻔한 작가가 쓴 악하고 불태워져야 마땅한 책"이라고 비방하였다. 개정판에 새롭게 덧붙인 제사(epigraph)인 "사연을 듣기 전에 대답하는 자는 미련하여 욕을 당하느니라"라는 잠언 18장 13절은 당시 밀턴에게 가해졌던 신랄한 비판이 어느 정도였는지를 짐작하게 한다.

『이혼론』은 밀턴의 다른 중요한 이혼 소책자인 『테트라코던』(Tetrachordon)처럼 내용이 양분되어 있다. 그는 한편에서는 상호간에 비난할 점이 없는 성격상의 불일치로 인한 이혼을 주장하고, 다른 한편에서는 남성의 정신적인 바람이나 기대를 저버린 여성에 대해 맹렬히 비난을 가하고 있다. 밀턴은 거의 평등주의에 가까울 정도로 동반자 사이의 조화를 강조하며 이

● 1646년에 발간된 "각 분파와 사상 목록"(*A Catalogue of the Severall Sects and Opinions*)에 나오는 판화
이 그림을 보면 멋대로 이혼을 일삼는 이혼자(Divorcer)가 나체주의자나 방탕한 난봉꾼과 더불어 희화화되어 표현되고 있다.

상적 결혼을 분명하게 말하면서, 동시에 고린도전서 11장 3절의 내용을 그대로 받아들여 남자는 "그를 위하여 지음을 받은 여자의 머리"라고 주장한다. 그는 순결하고 죄로부터 깨끗하게 회복된 성에 대한 비전을 품고 있으면서, 한편으로는 정신적으로 조화를 이루지 못하면서 육체적으로만 하나가 되는 부부는 "한 몸이 되기보다는 오히려 억지로 묶여 있는 두 시체이거나 … 죽은 송장에 묶여 있는 살아 있는 영혼일 것이다."라며 성관계를 격이 떨어지는 용어로 묘사한다.

밀턴이 이처럼 대비되는 주장을 동시에 하고 있는 것은 서로 맞지 않는 부부 사이에 사랑도 없이 가지는 성관계를 견딜 수 없을 정도로 혐오스러운 행위로 여길 정도로 그가 결혼과 부부의 성에 대해 이상주의적 시각을 지니고 있음을 분명히 보여주는 부분이다. 『이혼론』은 3인칭 시점을 사용하고, 언급된 수많은 무분별한 결혼들의 예를 복수로 교묘히 위장하지만 이런 장치에도 불구하고, 독자들은 밀턴의 적나라한 모습을 충분히 읽어낼 수 있다. 밀턴이 사용한 성적인 언어표현을 분석해보면 그의 성적 혐오가 개인적인 경험과 무관치 않음을 보여준다. 밀턴은 이성애적 행위를 동물적인 것과 동일시할 뿐 아니라 신체적 노동 또는 고역으로 여기고 있고, 은유와 완곡어법을 도처에 사용함으로 오히려 상황을 악화시킨다. 『이혼론』에 나타나 있는 밀턴의 추상적인 사고와 철학적 이상주의는 바로 여성 혐오 전통을 드러내고 있다는 비판을 여성주의 비평가들로부터 받는 부분이기도 하다.

이혼론에서 찾아볼 수 있는 이러한 상충되는 것 같은 내용은 실제로나 겉으로 보기에 모두 밀턴의 자전적인 상황과 관련이 있고 또 그 상황을 설명해주기도 한다. 『이혼론』은 밀턴처럼 단지 배우자를 잘못 선택함으로 인해 성적인 만족을 누리지 못하고 신으로부터 허락받은 영혼과 육체의 결합을 박탈당한 고결한 젊은 남자를 3인칭 시점에서 강조하여 묘사하고 있다. 밀턴은 반주교제 소책자와 초기 시에서 그의 예언자적 재능과 문학적 위대성이 자신의 흠 없는 미덕과 순결함과 밀접히 연관되어 있는 것으로 이야기한다. 그런데 지금 그는 불행한 결혼생활의 중압감 아래서 혹시나 하나님과 멀어지는 것이 아닐까 하는 우려에 깊이 빠져 있으며, 이혼에 대한 주장으로 인해 자신이 온 국민으로부터 난봉꾼이라고 욕을 듣는 냉혹한 현실을 깨닫는다. "여호와 하나님이 가라사대 사람이 독처하는 것이 좋지 못하니 내가 그를 위하여 돕는 배필을 지으리라"라고 창세기 2장 18절에서 말한 돕는 배필과 이상적인 결혼을 희망하면서, 밀턴은 자신이 분명 사랑하지 않는 여성과 결혼이라는 덫에 걸렸다는 사실을 말한다. 그 결과 그녀와의 성생활이 "영혼의 합법적인 만족"에서 생겨나는 "평화와 사랑의 순수한 감동"의 "원천"이기보다는 "기쁨도 없이 노예처럼 방아 찧는 노동과 같다."라고 토로한다. 이 소책자에 사용된 밀턴의 언어를 분석한 꽁뜨(Edward Le Comte)는 『밀턴과

성』(*Milton and Sex*)에서 이는 성적 경험에 대한 개인적인 혐오감을 기록한 것으로 결론을 내린다. 이처럼 『이혼론』은 이상적인 바람과 동시에 이러한 기대가 깨어진 데서 느끼는 씁쓸함을 구체적이고 사실적으로 표현하고 있다.

3. "한 육체, 한 마음, 한 영혼"

우리는 『실낙원』과 그 이후의 작품을 통해서 젠더(gender) 관계에 대해 씨름하는 『이혼론』의 흔적을 읽을 수 있다. 시에서 남성과 여성의 성이 가부장적인 관점에서 다뤄지고 있는지, 아니면 평등하게 묘사되고 있는지를 두고 현대 독자들 사이에 많은 논란이 일고 있다. 지금까지 비평가들은 밀턴을 영문학에서 가장 가부장적인 시인 가운데 한 명으로 간주해왔으며, 그의 시에는 실제로 매우 남성중심적인 생각들이 많이 드러나 있다. 그럼에도 불구하고 이 열정적이고 감각적인 시를 쉽게 가부장적인 시로 분류하기는 힘들다. 왜냐하면 『실낙원』에서는 남녀 간의 관계가 종종 가부장적인 모델과 평등한 모델 사이를 오가면서 다뤄지고 있기 때문이다. 남성과 여성 사이의 복잡한 관계를 다룰 때에 『실낙원』은 상하관계와 평등이라는 문제에 대해서 모호하고 심지어는 모순되는 입장을 취하고 있기까지 하다. 다음은 『실낙원』에서 가장 문제시되는 부분 중의 하나인 아담과 이브를 묘사한 단락이다.

둘은

성이 같지 않아 보이는 것처럼, 똑같지는 않지만,

남자는 사색과 용기를 위하여,

여자는 부드러움과 상냥하고 매력적인 우아함을 위하여 만

들어졌다,

그는 하나님만을 위하여, 그녀는 그 안의 하나님을 위하여.

though both

Not equal, as thir sex not equal seemd,

For contemplation hee and valour formd,

For softness shee and sweet attractive Grace,

Hee for God only, shee for God in him.

—『실낙원』 4, 295~299

여기서 벌써 성적인 평등과 상하관계 사이의 긴장을 느낄 수 있다. 이 구절에 대해서는 주로 두 방향으로 해석되는데, 밀턴을 여성 혐오주의자로 보거나 아니면 복잡한 17세기의 역사적 문화적 맥락에서 아담과 이브의 재현을 평가하거나이다. 밀턴은 여성의 창의성을 침묵시켜서 이브를 학대하고 있다는 비난을 받아 왔다. 역사적 맥락으로 아담과 이브를 조명하게 되면 공격을 받으면서도 감동적이고 강하고 웅변적인 사람으

로 밀턴을 옹호하는 쪽으로 가게 된다. "동등하지 않고"와 같은 구절들은 남녀관계나 성별에 있어서 가부장적인 관점을 보여주고 있다. 특히 마지막 행은 남성이 여성의 머리이며, 따라서 남성이 여성보다 우위에 있고 아내는 남편에게 복종해야 한다는 성경의 사상을 반영하고 있다. 그러나 이 장면들이 사탄이 에덴동산을 처음 조사하는 동안에 일어났다는 사실에 주목할 필요가 있다. 즉 아담과 이브 부부와 이들이 에덴에서 누리는 즐거움을 질투심 어린 시선으로 바라보는 사탄의 관음증적인 시각에서 제시되고 있다는 점이다. 이는 화자의 관점을 액면 그대로 받아들이는 것을 어렵게 하면서 독자들의 반응을 상당히 복잡하게 만들고 있다. 그렇다면 여기서 "성이 같지 않아 보이는 것처럼"(thir sex not equal seemd)이라는 생각은 누구의 견해인가? 『실낙원』에서 'seem'과 'seeming'은 창조자와 창조 사이의 사랑의 결속을 피조물이 이해하지 못하는 것과 사탄의 이중성을 나타내는 단어이다. 그렇다고 해서 위의 구절을 단순히 사탄의 관점이라고 단정할 수만은 없다. 다만 위의 구절에서 우리가 짐작할 수 있는 부분은 아담과 이브가 각기 다른 자질과 미덕을 지녔다는 사실이다.

이혼 소책자에 나타난 결혼에 관한 논의가 『실낙원』의 아담과 이브의 결혼의 청사진이라고 할 수는 없다. 이혼 소책자의 타깃은 당시 타락한 결혼 개념이었다. 『실낙원』은 결혼에 대한 소책자나 이론적 분석이 아니라 시이며, 그 속에서 아담과 이브의 특별한 관계가 상상적으로 드러나 있다. 유의할 점은 시에서 타락한 피조물은 계급과 계층, 그리고 상대적 지위에 집착한다는 것이다. 지옥에서는 비교급과 최상급을 끊임없이 사용한다. 반면에 천국에서는 각각의 피조물을 다른 피조물과 절대적 비교를 하지 않으면서 각각의 독특하고 구별된 탁월함을 찬양한다. 위의 구절에서는 계급에 대한 집착이 밑바닥에 잠재되어 있음을 느낄 수 있는데, "둘은/ 성이 같지 않아 보이는 것처럼, 똑같지는 않지만"(though both/ Not equal, as thir sex not equal seemd)"이라는 표현은 사탄이 계층과 지위에 대해 보여주는 관심과 일치한다. 그러나 "both / not equal"이라는 독특한 문법적 구성은 서로 다르다는 것을 어느 정도 인정하지만 그것보다는 아담과 이브의 동질성을 더 강조하는 표현이다. 여성은 남성의 영광을 "동등하지는 않지만 상당부분" 공유한다는 말이기도 하다. "같지 않고"(Not equal)라는 말은 "성적인 특질"(thir sex)이 동일하지 않은 것처럼 그들이 동일하지 않다는 것을 의미한다. 이는 아담의 특별한 장점인 사색과 용기가 이브의 부드러움과 상냥하고 매력적인 우아함과 대조를 이룬다는 점에서 다시 한 번 강조된다. 당시의 문화 배경 속에서 사색과 용기는 부드러움과 매력적인 우아함보다 더 높은 가치를 부여받았다. 따라서 사색과 용기는 전통적으로 남성적인 것으로, 부드러움과 우아는 여성적인 것으로 여겨졌다. 그럼에도 불구하고 밀턴은 두 가지 미덕 모두가 생산적인 인간존재의 필수항목이라 믿었는데, 아담의 미덕은 독립적 개별성과 철학적 사색을 촉진하며, 이브의 미덕은 친교와 의사소통을 육성하는 인간관계를 가능하게 하는 미덕이기 때문이다.

후에 이브가 아담을 "나의 안내자이며 머리"(my Guide / And Head)라고 부른 것은 아담이 그녀를 "유일한 짝이며 이 모든 즐거움의 유일한 부분"(Sole partner and sole part of all these joyes)이라고 부른 것에 대한 응답이었다. 말하자면 사랑으로 이루어진 그들의 연합은 사소한 불평등보다는 거의 평등함을 강조한다는 것이다. 이러한 밀턴의 해석은 당시 프로테스탄트주의자들과 목사들에게는 전형적인 것이었는데, 그들은 남성이 여성보다 우월하다는 것을 말하기보다는 여성이 사랑과 결혼을 통해 남편의 수준에 얼마나 가까이 도달할 수 있는지를 주장하고 있는 듯하다.

밀턴을 현대의 페미니스트로 보는 것은 그를 여성 혐오주의자로 보는 것만큼이나 부당한 것이다. 아담과 이브의 관계를 해석하기 위해서는 밀턴의 결혼관을 이해하여야 한다. 종교개혁과 17세기 청교도의 가르침 그리고 고전, 중세 르네상스 시와 철학에 기초한 그의 결혼관

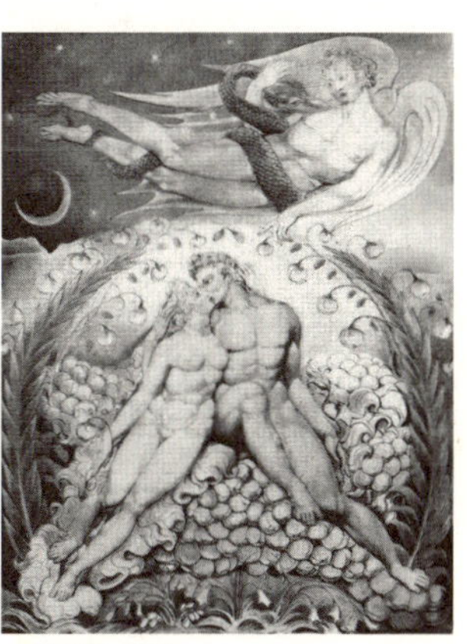

● 아담과 이브
윌리엄 블레이크의 그림.

은 그의 작품에 명백하게 드러나 있다. 『실낙원』에서 아담은 이브를 처음 보았을 때 다음과 같이 말한다.

> 지금 나는 내 뼈 중의 뼈, 살 중의 살, 내 자신을
> 눈앞에 보고 있습니다. 그 이름은 여자, 남자에게서
> 나왔으니, 이 때문에 남자는 부모를 떠나
> 아내와 합쳐 한 육체가 되고
> 한 마음 한 영혼이 되리이다.

> I now see
> Bone of my Bone, Flesh of my Flesh, my self
> Before me; Woman is her Name, of Man
> Extracted; for this cause he shall forgoe
> Father and Mother, and to his Wife adhere;
> And they shall be one Flesh, one Heart, one Soule.
>
> —『실낙원』 8, 494~499

밀턴은 이브가 다른 여성들과는 달리 "남편의 갈비뼈에서" 나왔으며 그래서 이 둘은 다른 어떤 커플보다 "더 가까운 결합관계"라고 강조한다. 이런 점에서 이브는 아담의 몸의 일부이고 따라서 그의 "자신"(self)이다. 실낙원에서 아담과 이브는 완전히 분리된 개체가 아니라 서로 연합하여 하나의 인격체를 이루고 있다고 보아야 할 것이다. 밀턴은 "한 육체"에 "한 마

음, 한 영혼"을 추가하여 아담과 이브의 결혼의 본질을 말하고 있다. 성적인 결합은 그 자체로는 결혼의 목적이라 할 수 있는 남성과 여성의 친밀한 결합을 가져오지는 않기 때문에, 밀턴은 성경의 "한 육체"가 감정과 영혼의 결합을 포함해야 한다고 주장한다. 이런 의미에서 밀턴은 "사랑과 위로와 적절한 돕는 자"(love and solace and meet help)가 없는 결혼은 결혼이 아니라고 보는 것이다.

『실낙원』 출판 20년 전에 작성된 이혼에 관한 법률을 자율화할 것을 주장하는 4개의 소책자 중 하나인 『테트라코던』에도 결혼의 본질이 잘 드러나 있다. 결혼생활의 시작이 순조롭지 않은 것은 사실이지만 그것 때문에 밀턴이 이혼을 옹호했다고 보는 것은 17세기의 중요한 단면을 간과한 것이다. 밀턴이 이 혼인법과 종교개혁을 관련짓고 있음에 주목할 필요가 있다. 해방될 희망이 없는 불행한 결혼은 질병을 초래하고 우울증에 빠지게 하므로 영적 건강에 유해하다고 본 그는 혼인법은 마땅히 종교개혁의 한 부분이 되어야 한다고 생각했으며, 밀턴을 비롯한 많은 사람들이 영국의 종교개혁은 아직 끝나지 않았다고 보았다. 이혼론의 근본적인 핵심은 육체뿐만 아니라 마음과 영혼이 함께하지 않는 결혼은 결혼의 목적을 흐리게 하므로 종료되어야 한다는 것이다. "한 육체, 한 마음, 한 영혼"은 이혼론에 나타난 그의 신념을 표현한 것이다. 『실낙원』에 묘사된 에덴동산의 결혼은 1640년대의 논쟁 속에서 형성된 견해를 반영하고 있는 것으로 보아야 한다.

『테트라코던』에서 밀턴은 창세기 2장 20절에 기록된 바와 같이 자기 앞을 지나는 동물들의 본성을 알고 이름을 지을 수 있는 지혜를 가진 아담은 신이 이브를 자신의 온전한 배필로 지었음을 아는 지혜도 또한 지녔을 것이라고 말한다. 그러므로 아담이 이브를 뼈 중의 뼈요, 살 중의 살이라 한 것은 "내가 하나님의 형상을 따라 만들어진 것처럼 나의 형상을 따라 만들어진 이가 바로 이브며, 육체적인 면의 결합보다는 정신과 마음의 결합"을 의미한다. 여기서 육체가 정신과 마음을 포함하며, 정신과 마음은 신의 형상을 뜻하고 있다. 『테트라코던』에서 밀턴은 때로 여성이 신중함과 민첩함에 있어서 남편보다 뛰어날 수 있는데 이런 경우 "남성이건 여성이건, 보다 현명한 자가 덜 현명한 자를 다스려야 하기 때문에" 남편은 기쁜 마음으로 양보해야 한다는 흥미로운 주장도 펴고 있다.

만일 아내가 신중함이나 재주에 있어서 남편보다 뛰어나서 남편이 만족하며 복종한다면, 그런 특별한 예외들이 없다는 것은 아니다. 왜냐하면 그 경우에는 우월하고 보다 자연스러운 법칙이 개입하여 남성이건 여성이건, 보다 현명한 자가 덜 현명한 자를 다스려야 하기 때문이다.

즉, 지혜가 남성성보다 우위에 있다는 말이다.

서사시 『실낙원』과 첫 이혼 소책자에서 발견되는 밀턴의 남성 우월적 주장은 그가 살던 시대와 성경에서 일반적으로 통용되던 생각이다. 밀턴이 남긴 중요한 공은 남녀 간의 영적인 대화를 바탕으로 한 결혼에 대한 비전이 가장 깊은 수준에서 아담과 이브를 묘사함으로써 제시되고 있다는 점일 것이다. 이 비전은 주로 이브의 입을 통해 "그대와 함께 이야기 나누다 보면 시간 가는 줄 몰라요"(With thee conversing I forget all time; 『실낙원』 4, 639)와 같은 사랑스러운 대사를 통해 서정적으로 아름답게 표현되고 있다.

4. 시대를 앞서간 사상가 밀턴

1644년 7월에 밀턴은 자신의 첫 번째 번역서인 『이혼에 관한 마틴 부처의 견해』(*The Judgement of Martin Bucer concerning Divorce*)를 출판하였는데, 이 두 번째 소책자는 부처가 당시 개혁가로서 영국에 초대된 적도 있고 상당한 권위가 있었기에 밀턴이 그를 외부 공격에 대한 방파제로 사용한 듯하다. 이 책의 표지에 "영국 의회에게"라고 또다시 쓰고 있다. 그리고 요한복음 3장 10절인 "네가 이스라엘의 선생이면서, 이런 것도 알지 못하느냐?"라는 표제를 공격적 의도를 담은 신호로써 쓰고 있다. 부처에 대한 프로테스탄트의 존경심뿐만 아니라 프로테스탄트 순교자로서의 그의 위치와 그가 고향에서 집요한 괴롭힘을 받은 것과 에드워드 6세의 보호를 받은 것, 그리고 사후에 가톨릭에게서 매도당한 내용을 담고 있다. 밀턴은 또한 이혼에 대한 자신의 관점과 부처와 매우 유사한 이력을 가진 개혁 신학자 파기스(Paulus Fagius)의 관점 사이의 유사점을 덧붙였다. 여기에 담긴 숨겨진 뜻은 다음과 같이 명확하다. 만일 밀턴이 계속해서 프로테스탄트에게서 집요한 괴롭힘을 당한다면 프로테스탄트들은 가톨릭처럼 행동을 하고 있는 것이고 자신은 진정한 프로테스탄트 순교자를 닮았다는 것이다. 이 소책자의 어조는 한결 침착하고 비개인적이며 성적인 주제에 대해서도 말을 아끼고 있다. 『마틴 부처의 견해』는 존경받는 종교개혁가인 부처가 이혼에 대해서 자신과 같은 견해를 갖고 있었다는 것을 알고, 그의 저서 가운데 필요한 부분을 초역해서 자신의 이혼론의 정당성을 입증하고 있다. 이렇게 함으로써 자신을 비난한 성직자들을 부끄럽게 하고, 나아가 이성과 학문에 바탕을 둔 토론을 불러일으키기를 원했지만 이런 기대는 수포로 돌아가고 만다.

밀턴은 『이혼에 대한 마틴 부처의 견해』를 출판한 지 7개월 뒤에 이상하게도 『테트라코던』과 『콜라스테리온』이라는 보충적인 책을 1645년 3월초 같은 날 같은 인쇄소에서 출판한다. 세 번째 소책자 『테트라코던』은 신명기를 근간으로 한 모세의 이혼법과 마태복음에 나타난 예수의 말씀 간의 불일치에 대해

다루면서, 신구약의 네 군데 성경구
절을 근거로 결혼과 이혼에 대한 주
제를 확장시킨다. 밀턴이 『이혼론』
초판에서 시도하였듯이 덜 비유적인
문체로 씌어진 『테트라코던』은 표지
가 설명하는 것처럼 "결혼이나 결혼
의 무효를 언급하는 성경의 중요한
네 부분에 대한 설명" 시리즈이다.
일반적으로 이것은 성경의 설명과
해석과 관련한 일종의 성서 해석학
논문이다. 소책자의 제목은 4줄로 된
악기 이름을 의미하는 고대 그리스
어 단어를 그대로 빌려 온 것이며,
동일한 고전 악기를 의미하거나 혹
은 4도 음계 혹은 음계의 최고음과
최저음의 차이를 의미하는 "테트라
코드"(tetrachord)에 어원을 두고 있다.

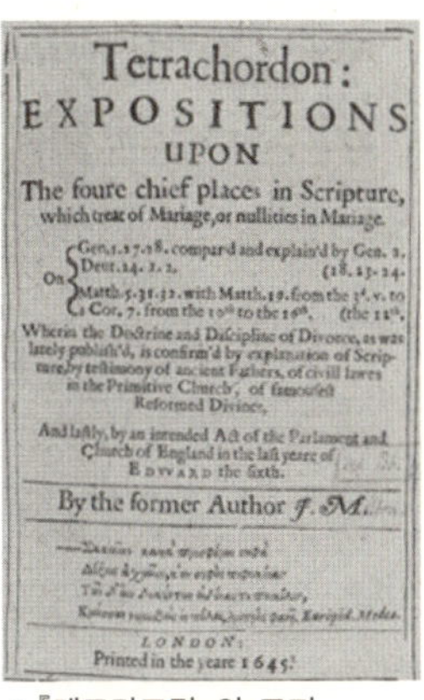

•『테트라코던』의 표지

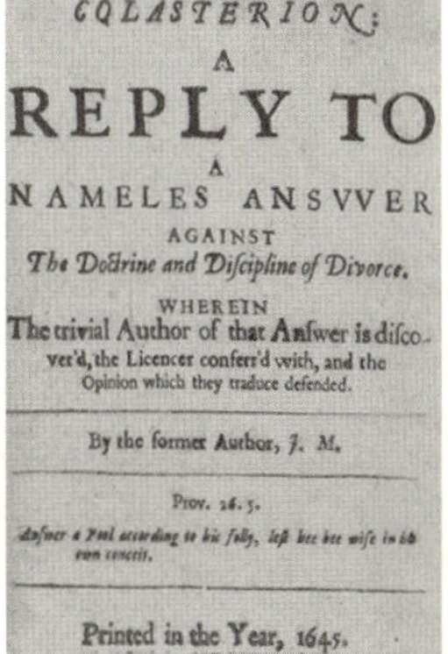

•『콜라스테리온』의 표지

물론 밀턴은 이 단어를 비유적으로 사용한다. 다시 말해서 이
책은 이혼과 관련된 성경의 중요한 4개의 텍스트 창세기 1장
27~28절, 신명기 24장 1절, 마태복음 5장 31~32절 그리고 고
린도전서 7장이 조화를 이룬다는 것이다. 그는 남편이 아내에
게서 "수치스러운 일"(some uncleanesse)을 발견하면 아내와 이

혼할 수 있다는 신명기의 말씀에서 말하는 "수치스러운 일"은 성적인 부정함(impurity)보다 넓은 의미를 내포하고 있다고 주장한다. 밀턴이 남자와 아내가 "한 몸"이 되어야 한다는 창세기 명령을 주석할 때 좀 화려한 문장들을 사용할지라도 그의 산문은 냉정하고 종종 전문적인 주장을 할 때는 치밀한 논증을 펼치는 데 에너지를 쏟는다. 결혼이 성적인 관계뿐만 아니라 감정적, 이상적, 지적인 화합에서도 적절한 영적인 실현이 있어야 한다는 밀턴의 주장은 인도적이고 타당하다. 그러나 결혼의 실패에 대한 그의 격렬한 공포는 그의 고양되고 이상화된 소책자에는 어울리지 않아 보인다. 그리고 그러한 격렬함은 살아 있는 사람들에게 족쇄가 된 썩어가는 송장의 이미지로, 필사적으로 둥근 끌로 후벼 파는 원시적 수술에 놓인 썩어가는 육체의 이미지로 표현한 데서 찾을 수 있다. 이 소책자에서 밀턴은 다시 한 번 강렬하고 이상주의적인 어조로 공격의 날을 세우는데, 특히 바울의 "남자는 하나님의 영광을 위해, 여자는 남자의 영광을 위해"라는 구절을 통해 여성폄하 사상을 도입하게 되고, 바울의 여성 혐오를 지지함을 주목할 필요가 있다.

『테트라코던』과 거의 동시에 출판된 『콜라스테리온』은 한 익명의 저자의 글에 대한 개인적 공격으로서 그 책에 대해 격노한 밀턴은 상대방에 대해 원색적인 표현으로 노골적인 비난을 퍼붓고 있다. 『테트라코던』처럼 『콜라스테리온』의 알기 어려운 이름은 고전 그리스어에 기원을 두고 있다. 그것은 형벌의 장소나 도구를 의미하는 단어를 단순히 베껴 쓴 것으로 '형벌'이라는 뜻을 지니고 있다. 이 글에서 밀턴은 결혼과 이혼에 관한 그의 신념을 어느 논문에서보다도 강한 어조로 밝히고 있다. 원본이 약 27쪽에 이르는 이 짧은 책은 의도적으로 계층 편견을 비웃은 거만한 톤을 유지한다. 밀턴은 이혼론에 반대한 글을 쓴 저자가 그리스어와 히브리어는 물론 모국어인 영어 표현조차도 잘 모르는 천박하고 경멸할만한 인물이며 음탕한 것 외에는 생각할 수 없는 자라고 낙인 찍고는, 자신의 논문을 씹는 "포도밭에 숨은 보아뱀"이며 "이 거세한 수퇘지"라는 원색적인 언어로 비난하고 있다. 밀턴은 "나는 어떤 것도 읽을 줄 모르는 이러한 돼지와 철학을 논할 수 없다."라고까지 이야기 하고 있다.

성의 정치학에 대해 민감한 오늘날의 비평가들은 밀턴의 『이혼론』에 담긴 남성중심주의에 주목해왔다. 밀턴은 이 글에서 여성으로부터 지적인 교제를 원하며 어느 한 쪽에서 특별한 잘못을 범하는 일이 없어도 이혼이 허락되어야 한다는 무과실 이혼(no-fault divorce)을 주장하고 있다. 밀턴은 남성이 자신의 아내를 지배하고 다스릴 권한이 있다고 보는데, 양성의 지위에는 엄연한 불균형이 존재하기 때문에 자신의 이혼 개혁이 옳다고 주장한다. 밀턴은 결혼한 부부 사이의 친밀한 교제의 상호성(mutuality)을 주장한 점이 높이 평가되고 있으나, 그의 주장이 균형감을 잃고 너무 추상적인 개념의 벼랑 끝에 불안정하게 서 있다고 비판을 받기도 한다. 이렇게 비판받은 이유는 이론상으로는 밀턴이 양성 간의 상호 존중을 찬양하고 주장하고 있지만 실제로는 여성이 남성을 위해 창조되었다는 남성중심의 가치를 견지하고 있기 때문이다.

결과적으로 말해서, 이혼에 대한 자신의 주장으로 인해 "시민과 인간의 삶에 공적인 은혜를 끼친 사람들" 중의 한 사람으로 여겨지길 바랐던 밀턴의 희망이 완전히 빗나간 것은 아니었다. 결혼을 "대화가 통하는 어울리는 영혼"(fit conversing soul[s])의 결합이며 (아마 그가 가장 행복한 순간에 표현했다고 여겨지는데) 동등한 자들이나 거의 동등한 자들이 멍에를 매는 것이라고 보는 그의 생각은 그 시대를 훨씬 앞선 것이었다. 영국에서는 부부가 어느 한 쪽의 과실에 의하지 않고도 이혼할 수 있도록 하는 법이 1971년 제정되었는데, 스톤은 이러한 생각이 바로 밀턴이 주장에서 시작되었음을 밝히고 있다.

성적인 자유와 급진적인 생활양식의 큰 물결이 서구를 뒤덮고 있던 1969년에 평의원 엡스(Mr L. Abse)는 무과실 이혼에 관한 새로운 생각을 법으로 제정하자는 법안을 영국 의회에 제출했다. 부부간 과실에 관한 옛 원칙을 버리고 이제 이를 대체할 원칙은 1640년대에 존 밀턴이 처음 주장했던 것인데, 돌이킬 수 없이 파멸로 치닫는 부부 관계를 구제하는 것을 이혼의 유일하고 정당한 근거로 삼는 것이다… 이 안건은 통과하여 1971년 1월 1일 법으로 제정되었다.

만약 우리가 불행한 결혼생활을 하는 부부가 간음이나 성적 무능력에 대해 입증하지 않고도 이혼할 수 있다고 생각한다면 그 시대에는 사실상 거의 아무도 동조하지 않았던 밀턴의 주장을 따르고 있는 것이다.

출판과 언론의 자유

국경 없는 기자회의 '2009년 세계 언론 자유지수'에서 한국
은 175개 대상국가 중 69위를 차지했다. 30위권이었던 2006,
2007년도와 비교해 봤을 때 다시금 대한민국 언론, 표현의 자
유의 퇴행을 느낀다. 대한민국 헌법 제 21조에는 "① 모든 국
민은 언론·출판의 자유와 집회·결사의 자유를 가진다. ②
언론·출판에 대한 허가나 검열과 집회·결사에 대한 허가는
인정되지 아니한다. ③ 통신·방송의 시설기준과 신문의 기능
을 보장하기 위하여 필요한 사항은 법률로 정한다."고 명시되
어 있다.

언론의 자유는 자유민주주의 국가 실현에 매우 중요한 요소
다. 개인이나 집단은 자신들의 의견을 자유롭게 표현할 수 있
어야 한다. 이러한 자유가 제한을 받는 경우는 다른 사람의 권
리를 침해할 때에 국한된다. 우리나라의 경우 과거 군사독재

시절에 언론의 자유가 심하게 억압당하고 검열도 출판물뿐 아니라 가요나 영화 등 예술 분야에서도 광범위하게 행하여졌다. 우리 국민들에게 친숙한 '아기공룡 둘리' 역시 군부독재시절의 검열을 피하다 탄생한 캐릭터이다. 그 당시에는 만화에서 아이가 어른 앞에서 주머니에 손을 넣고 있거나 불량한 행동을 하는 것은 모두 검열대상에 포함되었기 때문에 일부러 주인공을 인간이 아닌 공룡으로 설정했으나, 그마저도 어른인 고길동에게 버릇없는 행동을 한다며 비난을 받기도 했다. 만화도 검열이 심했지만 음악이나 문학작품 역시 정부의 검열대상에서 벗어나지는 못했다. 유신체제에 접어들면서 많은 곡들이 금지곡으로 낙인 찍혔는데, 송창식의 <고래사냥>이나 <왜 불러>는 방송에 부적합하다 하여 금지곡이 되었고 엘레지의 여왕이라 불리는 이미자의 노래는 27곡이나 금지곡 처분을 당했다. 우리가 흔히 운동권 가요의 대표로 드는 <아침이슬>은 과거 대학생들에게 억압에 대항하고 태양을 쫓는 불굴의 의지를 상징하였다. 물론 처음부터 그런 의도로 만들어지지는 않았지만 사회분위기가 그렇게 만든 것이다.

'국방부선정 불온도서'는 21세기인 현재에도 존재한다. 금서로 지정되자 센세이션을 일으키며 베스트셀러에 오른 대표적인 책으로 마광수의 『즐거운 사라』를 들 수 있을 것이다. 당시 정부는 이 책이 사회의 도덕성을 위해하고 성가치관을 무너뜨린다고 해서 판매 금지시켰다. 세계적으로는 막심 고리키의

『어머니』나 찰스 다윈의 『종의 기원』, 톨스토이의 『인생론』도 발간되자마자 발매 금지 처분을 받은 책들이다. 검열과 관련해 세계 역사상 가장 유명한 사건으로는 사상통제를 위해 각종 서적들을 불태우고 유생들을 생매장한 사건인 진나라 시황제의 분서갱유를 들 수 있을 것이다.

오바마 미 대통령은 2009년 중국 대학생들과의 만남에서 중국의 언론검열관행에 대해 언급했으나 실시간으로 소식을 전하던 중국의 언론들은 그 발언을 삭제했다. '달라이 라마', '천안문 사태' 등 정치적으로 민감한 정보들은 중국 정부 당국에 의해 통제되고 있어 웹에서의 검색이 불가능하며 이 같은 검열 문제와 관련해 '구글 차이나' 사태가 일어나기도 했다. 우리나라에서도 인터넷상 표현의 자유에 대해 많은 논란이 일었었다. '미네르바'라는 필명으로 인터넷에 허위 사실을 유포한 혐의로 구속돼 재판을 받은 박대성 씨 사건은 헌법이 국민에게 보장하는 표현의 자유가 어느 정도 선까지 보장될 수 있는가 하는 데 대한 질문을 여전히 던지고 있다.

언론과 표현의 자유와 그에 따르는 책임이라는 문제에 대해 깊이 있는 탐색을 하고 있는 고전이 있으니 바로 존 밀턴의 『아레오파기티카』이다. 이 책에 대해 한 신문은 다음과 같이 소개하고 있다.

언론 자유에 대한 고전적 경전인 이 작품은 언론사상사

에서 가장 흔히 언급되는 책이다. 사상의 자유롭고 공개적인 시장이라는 관념과 "진리의 발견을 위해서는 표현의 자유가 허용돼야 한다."는 주장의 시발점이다. 출판 초기인 17세기에는 빛을 못 보다가 뒷날 자유주의자들의 '해석'에 의해 고전으로 발돋움했다.

—한겨레신문, 1998. 12. 29.

기사에서 언급된 것처럼 언론학 분야에서뿐 아니라 영문학과 영국사에서도 고전으로 평가받고 있는 『아레오파기티카』는 잉글랜드 혁명 초기의 정치적, 종교적 현안에 대한 밀턴의 대응 방식을 잘 보여주는 중요한 역사적 자료이다. 1644년에 출판된 이 작품은 그의 산문 중 가장 잘 알려져 있으며, 밀턴 산문의 백미이다. 『아레오파기티카』는 의회를 향해서 하는 연설문의 형식을 취하고 있다. "검열을 받지 않는 출판의 자유를 위해 영국 의회에게 한 존 밀턴의 연설"이라는 부제가 암시하듯이 이 소책자는 검열 제도를 반대하고 종교적 관용과 개인적 표현의 자유를 옹호하고 있는 언론 자유의 경전이다.

1. 언론 자유에 대한 경전

"Good and evil we know in the field of this world grow up together almost inseparably"

우리가 이 세상에서 알고 있는 선과 악은 같이 자라는 것이어서 떼놓을 수가 없습니다.

『아레오파기티카』의 제목은 아테네 법정이 소집되었던 공화정·체제 하의 아테네의 아레오파구스(Areopagus) 언덕에서 따온 것이다. 아테네 회의에서는 데모스테네스(Demosthenes)와 이소크라테스(Isocrates) 등 유명 연사들이 연설을 하였으며, 신약시대 사도 바울(Paul)이 이곳에서 전도를 한 것으로도 잘 알려져 있다. 『아레오파기티카』는 아테네의 웅변가인 이소크라테스의 일곱 번째 연설인 "아레오파구스 연설"의 형식을 취하고 있다. 이소크라테스는 신체가 허약하고 신경이 쇠약하여 대중 연설을 할 수 없어서 읽혀질 것을 전제로 한 연설문을 집에서 썼다고 한다. 이와 마찬가지로 밀턴도 영국의 아레오파구스라고 할 수 있는 의회에 보내는 연설문 형태로 이 글을 쓰고 있는 것이다. 그러나 이소크라테스가 형사 재판이라는 제한된 권한만 보유하고 있는 아레오파구스 법정에 종래의 전반적인 기능을 부활시킬 것을 촉구했다면, 밀턴은 의회로 하여금 이러한 통제와

● 아레오파구스(Areopagus) 언덕
아레오파구스 언덕은 공화정 체제 하에 아테네 법정이 소집되었던 곳이다. 밀턴은
이 제목으로 자신의 산문을 이소크라테스의 일곱 번째 연설에 빗대는 한편 잉글랜
드 의회를 추켜세웠다.

감독을 철회할 것을 촉구하고 있다는 점에서 밀턴이 이 제목을
택한 것은 아이러니하다고 볼 수도 있다.

밀턴은 아테네의 고등법원 격인 아레오파구스와 잉글랜드
의회를 비교하는 제목을 통해서 잉글랜드 의회를 추켜세우는
한편, 의원들이 이 새로운 연설의 내용을 올바로 판단하고 민
주주의와 이성과 판결이라는 오랜 전통을 수행할 막중한 책임
을 지고 있음을 넌지시 말하고 있다. 밀턴은 아테네 법정이라
는 고대의 모델을 통하여 의회가 보다 폭넓은 민주주의로 나
아가기를 촉구하는 한편, 자신 또한 자유를 위해 부르짖는 공
적 대변인의 자세를 견지하고 있다. 『아레오파기티카』는 고대

아테네에서 행해졌던 웅변이나 연설과 다를 바 없으며, 르네상스 휴머니스트인 밀턴은 궁정에서 군주에게 은밀히 조언하는 것이 아니라 공적인 장소에서 일반 대중을 설득하고 의견을 교환하기 위해 수사(rhetoric)를 펼치고 있는 것이다.

『아레오파기티카』는 청중과 이데올로기, 공개 토론, 검열과 출판, 공화주의, 자연법 등과 같은 문제를 언급하면서 양심과 언론의 자유를 주창하고 있다. 이 글에 대한 평가는 『자유론』(On Liberty)에서 밀(John Stuart Mill)이 한 주장이 『아레오파기티카』의 내용을 대체로 따라간 것에 지나지 않는다는 호평에서부터, 밀턴은 출판의 자유에 대해 전혀 관심이 없었고 자유에 분명한 가치를 부여하지도 않았다는 비판에 이르기까지 다양하다. 이처럼 평가가 다양한 것은 『아레오파기티카』가 현대 자유주의의 주요 텍스트 중 하나로서 자유의 가치에 대한 논의의 중심에 위치하고 있기 때문으로 볼 수 있다. 엇갈린 평가에도 불구하고 작가와 독자(단, 교육받은 프로테스탄트 독자)가 출판물을 통해 서로 의견을 교환할 수 있는 자유를 역설하고 있는 『아레오파기티카』는 대체로 언론의 자유를 옹호하는 선견지명이 있는 주장으로 받아들여지고 있다. 밀턴은 이 글에서 검열이 아무 유익을 끼치지 못할 뿐 아니라 명백히 해가 되며 국력을 강화하기는커녕 오히려 약화시킨다고 강력히 주장한다. 그는 국가가 진정으로 필요로 하는 것은 위기 국면에 처했을 때 이성적으로 논쟁할 수 있는 시민의 능력이며, 한 개인이 지식과 미덕 양자를 개진시키기 위해서는 독서와 사색을 통해서 사상을 계속 검증하는 것만이 그 방법이라고 역설하고 있다.

밀턴은 『아레오파기티카』에서 지식을 보급하고 확산하는 데 있어서 출판의 역할을 낙관적으로 보고 있다. 즉 나쁜 책이라 할지라도 "현명한 독자"(judicious reader)는 그 책으로부터 많은 것을 배울 수 있으며, 따라서 모든 독서는 이롭다고 단정을 내린다. 그는 진리는 하나이면서 또한 본질적으로 다른 여러 면을 지니고 있으므로, 종교적으로도 많은 분파와 분당들을 허용하지 않고서는 진리에 도달할 수도 없으며 영국이 바로 세워질 수 없다고 주장한다. 밀턴은 선을 알기 위해서는 그에 대비되는 악을 알아야 한다는 생각을 밝히면서 진정한 지성인이나 크리스천은 선과 악 사이에서 갈등하면서도 선을 선택하는 자라며 웅변적인 목소리로 감동적으로 말한다.

우리가 이 세상에서 알고 있는 선과 악은 같이 자라는 것이어서 서로 떼놓을 수가 없습니다. 그리고 선에 대한 지식은 악에 대한 지식과 서로 얽혀 있고 구별하기 힘들 정도로 비슷해서, 프시케가 부단히 애써서 고르고 분류하지 않으면 안 되었던 뒤섞여 있는 씨앗도 이보다 더 혼란스레 섞여 있지 않았을 것입니다. 선과 악에 대한 지식이 쌍둥이처럼 달라붙어 세상에 나온 것은 사과 한 알의 껍질을 맛보던 때부터입니다. 아마 이것이 선과 악을 아는 아담의 운명일 것이니, 곧 악으로 선을 아는 운명입니다… 악의 온갖 유혹과 한 순간의 쾌락을 잘 알면서도 이를 멀리하고 분별하며 진정 더 좋은 것을 택하는 사람이야말로 참된 전투적 크리스천입니다. 나는 회피적이고 은둔적인 미덕, 활동하지 않고 해보지도 않는 미덕을 칭찬할 수 없습니다.

Good and evil we know in the field of this world grow up together almost inseparably; and the knowledge of good is so involved and interwoven with the knowledge of evil, and in so many cunning resemblances hardly to be discerned, that those confused seeds which were imposed on Psyche as an incessant labour to cull out, and sort asunder, were not more intermixed. It was from out the rind of one apple tasted, that the knowledge of good and evil as two twins cleaving together leapt forth into the world. And perhaps this is that doom which Adam fell into of knowing good and evil, that is to say of knowing good by evil… He that can apprehend and consider vice with all her baits and seeming pleasures, and yet abstain, and yet distinguish, and yet prefer that which is truly better, he is the true wayfaring Christian. I cannot praise a fugitive and cloistered virtue, unexercised and unbreathed.

　그는 "악의 온갖 유혹과 그럴 듯한 쾌락을 알면서도 이를 멀리하고 분별하고 진정 더 좋은 쪽을 택하는 사람이야말로 참된 전투적 크리스천이다."라며 선과 악을 분별하고 선택하는 데 있어서의 자유의지의 중요성을 강조하고 있다. 밀턴은 검열로 인해 출판도 되지 못한 채 죽어버린 진리를 "순결한 진리의 사랑스러운 모습을 수천 조각으로 갈기 찢어 사방으로 흩뿌려 버렸다."라며 신랄한 어조로 묘사하는데, 이는 1630년대 말 성실청이 청교도 순교자들의 몸을 절단하여 죽인 사실을 상기시킨다. 따라서 진리를 찾는 행위는 마치 이시스(Isis)가 오시리스(Osiris)의 조각난 몸을 조심스럽게 찾아 헤매듯이 진리의 토막 난 사지를 모으기 위해 여기저기를 다니는 것과 같다고 말한다. 밀턴이 종교적 관용을 주장하는 이유에는 진리가 재림의 순간까지도 다 발견하지 못한다는 인식이 작용하고 있음을 알 수 있다. 밀턴의 『아레오파기티카』는 그리스 신화와 성경의 내용이 한데 얽힌 풍부한 이미지와 비유로 가득 찬 수사법으로 1640년대 당시 잉글랜드에 팽배했던 임박한 혁명에 대한 긴박한 느낌과 함께 천년왕국적 전망을 고조시키고 있다. 『아레오파기티카』에서 검열 없는 잉글랜드를 삼손(Samson)이 잠에서 깨어나 치렁치렁한 머리를 휘날리는 모습으로 표현한 밀턴은 새로운 종교개혁의 시대의 열정적인 예언자였다.

　『아레오파기티카』에서 밀턴은 검열제가 시행되는 역사적 상황에서 검열의 부당성을 알리는 한편, 종교개혁을 완성하기 위해 외부의 강제와 간섭 없이 자유롭게 책을 읽고 판단할 수 있는 열린 공간과 이성적 주체의 필요성을 자유의지와 선택의 문제와 함께 다루고 있다. 올바른 이성은 보편적인 가치를 지니고 있기에 개별 독자로 하여금 다양한 텍스트에 접하도록 격려할 필요가 있다는 것이다. 밀턴은 다양한 책과 정보를 접할 때 "살아 있는 지성"으로 분별력 있는 판단을 할 수 있는 능력을 지닌 현명한 독자를 능동적인 독자나 충분한 능력을 갖춘 독자(sufficient reader)라고도 불렀다. 그는 로마가 에피쿠로스파 시인(Epicurean poet)인 루크리티우스(Lucretius)의 글을 아무런 비난을 가하거나 문제를 삼지 않고 출판하였으며, 성애적인 내용을 담은 오비디우스(Ovid)의 책과 정치적으로 대립 관계에 있는 적을 찬양하여 위험하게 여길 수 있는 역사가 리비우스(Livius)의 책까지도 검열을 통해 출판을 금지하지 않은 사실을 예로 들면서, 책을 선택하고 판단하는 문제는 독자 개인의 역량과 능력에 맡기는 것이 현명하다는 주장을 편다. 이와 함께 밀턴은 책으로 인한 해악에 관한 논의, 검열제를 위한 엄청난 검열관의 수, 엄청난 시간의 할애, 검열관의 자질문제를 하나하나 짚어가며 검열제의 비효율성에 대한 논리적인 주장을 전개한다.

1644년 8월 14일 장로파 목사 파머는 의회에서 행한 설교에서 밀턴이 교회와 국가가 개인의 결혼과 이혼을 제한하는 것은 부당하다고 비판한 『이혼론』을 언급하며, 결혼의 유대를 깨뜨리고 사회적 기초를 파괴할 우려가 있을 뿐만 아니라 출판허가도 받지 않고 간행된 이런 사악한 책은 마땅히 불태워져야 한다며 비난하였다. 잉글랜드 혁명기의 혼란을 틈타 생겨나는 이단과 이설에 대처하는 방안으로 보수적인 장로파의 주도하에 철저한 검열과 통제를 요구하는 목소리가 커졌는데, 이때 밀턴의 『이혼론』도 대표적인 위험한 책으로 거론되었던 것이다. 당시 영국에서는 1641년 7월에 성실청이 해체되면서 1637년 7월 찰스 1세가 공포한 성실청 포고령(Star Chamber Decree)도 폐기되고, 주교의 권위도 무너져 출판물에 대한 규제가 사라진 상태였다. 그러자 각종 소책자와 온갖 종류의 서적을 포함한 출판물의 수는 걷잡을 수 없을 정도로 증가하게 되었다. 런던의 서적 판매상 토마슨(George Thomason)은 1640년에 출판물들을 수집하기 시작하여 왕정복고까지 15,000권의 단행본과 수천 호의 정기간행물을 수집했는데, 특히 1640년대 초에 나온 출판물이 많았다. 이러한 혼란상을 통제하기 위해 장기의회는 1643년 6월 14일 "향후 어떤 서적이나 소책자, 그리고 논고도 임명된 검열관들 또는 검열관들 중 적어도 한 명에 의해 사전 승인 및 허가를 받지 않고는 출판할 수 없다."라는 내용의 출판허가법(Licensing Order)을 제정하여 검열 제도를 다시 도입하려고 시도했으며, 밀턴은 이에 대한 반발로 출판의 자유를 주창하는 『아레오파기티카』를 집필하게 된 것이다.

당시 의회의 중심 세력이었던 장로파는 교회 정화를 원했던 퓨리턴(Puritan) 가운데서 특히 부유하고 부패한 주교(bishop, the episcopacy)에 의해 움직여지는 교회를 개혁하기 원했던 사람들이었다. 이들은 교회가 국가에 종속되어 관장되는 것을 싫어했으며, 독립된 교회의 교인들이 선출한 장로에 의해 교회 행정이 이뤄지기를 원했다. 그러나 장로파는 의회에서 주도권을 잡게 되자 붕괴된 주교제를 대신할 또 다른 형태의 국가 교회(national church)를 수립하려고 했다. 반면 당시 의회파 중 독립파(Independents)는 국가 교회를 선호하면서도, 종교적으로 비관용적이었던 장로파와 달리 개별 교회의 독립성과 신앙의 자유를 허용하는 등 장로파보다 관용적인 입장을 취했다. 검열제는 이러한 상황에서 장로파가 자신들의 획일적 규율에 반발하

● 웨스트민스터 종교회의의 모습
의회파가 정권을 잡은 시기의 웨스트민스터 종교회의(Westminster Assembly)의 모습. 웨스트민스터 종교회의는 갈수록 급진적인 사상들을 통제하려 하기 시작한다. 밀턴은 바로 이러한 움직임에 정면으로 대항해 언론의 자유를 주창한 것이다. 존 허버트의 1844년 그림.

는 급진파를 막아내는 제도적 장치로 고안해낸 제도였다. 명분상으로는 혁명(Revolution)이 이뤄졌지만 검열이라는 옛날의 악습이 되풀이되는 것을 지켜보면서 밀턴은 새로운 정권하에서 달라진 점이라고는 검열관이 로드(William Laud) 대주교의 사제(priest)에서 의회의 장로(presbyter)로 바뀌었다는 것뿐이라며 "새로운 장로는 옛 사제를 길게 쓴 것에 지나지 않는다."(New Presbyter is but Old Priest writ large)라고 개탄한다.

『아레오파기티카』는 검열의 문제점을 제기하면서 출판의 자유와 종교적 관용(toleration)을 주창했다는 점 이외에도, 밀턴 사상의 핵인 자유 의지에 관한 신학을 본격적으로 다루고 있다는 점에서 매우 중요한 위치를 차지하고 있다. 또한 이 책은 혁명으로 인해 고취된, 밀턴 시대의 새롭고 역동적인 저자에 대한 의식의 변화를 보여주고 있다는 점에서 주목할 만하다. 1640년대에는 이전 시대에 비해 보다 많은 정치적인 저작들이 출판됨에 따라 경제적인 부와 권력을 축적함으로써 새롭게 부상하기 시작한 독자들은 저자와 활발하게 정치적 논의를 벌였으며, 이에 따라 새로운 개념과 사상이 빠르게 생성되어 보급되기 시작했다. 이러한 배경 속에서 혁명기의 출판계에 생겨난 난맥상과 위험한 사상의 보급을 막기 위해 제정된 검열법에 대한 반발과 출판의 자유를 주 내용으로 하는 『아레오파기티카』는 17세기 혁명기 영국의 문화적 풍토와 역사적, 정치적 상황에 대해서도 많은 정보를 제공하고 있다.

2. 검열에 저항하며 양심의 자유를 논하다

"A good book is the precious life-blood of a master spirit, embalm'd and tresure'd up on purpose to a life beyond life."

좋은 책은 생애 뒤의 생애를 위해 향취 있게 저장된 탁월한 영혼의 고귀한 생명의 피입니다.

밀턴의 『아레오파기티카』는 출판 허가도 받지 않고 등록도 하지 않은 출판물로서, 인쇄업자의 이름이나 판매업자의 이름도 들어 있지 않다. 앞서 『이혼론』을 출판할 때도 출판 허가를 받지 않았지만 그때는 자신의 이름을 "The Author J. M."라고 이니셜로 밝힌 것과 대조적으로, 이 소책자에서는 "Mr. JOHN MILTON"이라고 대문자로 당당하게 밝히고 있다.

이는 추문을 일으키거나 선동적이거나 중상적인 책을 제외하고는 사전 검열을 해서는 안 된

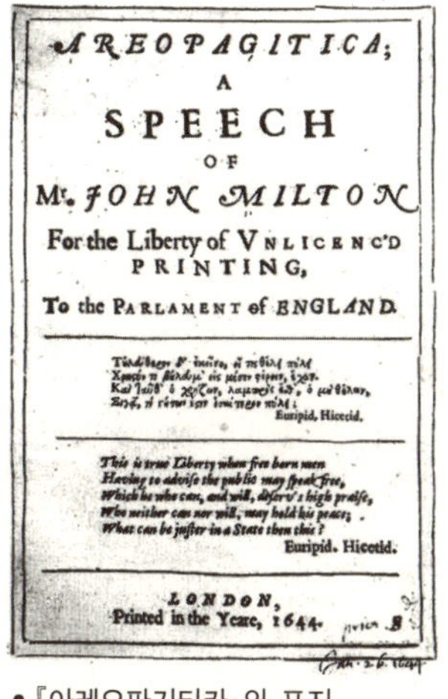

● 『아레오파기티카』의 표지
『이혼론』의 출판 때와 마찬가지로 출판 허가를 받지 않은 출판물임에도 불구하고 표지에 자신의 이름을 대문자로 당당히 밝히고 있는 것이 눈에 띈다. 이로써 밀턴은 사전검열에 반대하는 자신의 신념을 공공연히 선포하면서, 출판허가법에 정면으로 도전하고 있는 것이다.

다는 자신의 신념을 공공연하게 선포함과 동시에, 출판업자 조합과 현행법인 출판허가법에 정면으로 도전하며 이로 인해 발생하는 모든 책임을 자신이 지겠다는 각오를 보여주고 있는 것이다. 밀턴은 고발당할 것을 두려워하지 않았으며 이단이나 신성모독과 같은 혐의를 받을 경우 공개 법정에서 기꺼이 자신을 변호하기를 원했다. 그는 표지의 하단에 다음과 같은 에우리피데스(Euripides)의 『탄원하는 여인』(*The Suppliants*)의 구절을 싣고 있다. 이는 한 전령이 테베왕국에서부터 도착해서 "이 나라 지배자는 누구인가?"라고 묻자, 테세우스(Theseus)가 이 나라는 자유국가여서 한 사람에 의해 통치되지 않고 가난한 자들도 동등한 몫을 가진다며 민주주의를 찬양하는 대답의 한 부분이다.

> 대중에게 조언할 것이 있는 자유시민이 자유롭게 말 할 수 있고
> 그렇게 할 수 있고 의지도 있는 사람이 높이 칭송을 받을 때,
> 그리고 그렇게 할 수도 없고 할 의지도 없는 사람이 침묵을 지킬 수 있을 때
> 이것이 참된 자유이다.
> 한 나라에 이보다 더 큰 정의가 어디 있겠는가?

> This is true liberty, when free-born men,
> Having to advise the public, may speak free,

Which he who can and will, deserves high praise;

Who neither can nor will, may hold his peace;

What can be juster in a State than this?

이 구절은 군주제와 민주주의를 직접적으로 대조시키며 소책자의 제목과 함께 아테네의 정신을 말해주는 고도의 정치적 함의를 담고 있으며, 언론의 자유와 민주주의에 대한 옹호로 읽을 수 있다. 에우리피데스의 구절은 의회에서의 연설을 앞두고 밀턴이 느끼는 마음의 동요와, 결과나 평가에 대한 두려움과, 그럼에도 불구하고 조국의 자유를 위해 용감하고 자유롭게 말하고자 하는 열정을 엿보게 한다.

"대중"에게 조언할 것이 있는 사람이 자유롭게 말할 수 있어야 한다고 한 것은 밀턴과 잉글랜드 혁명기의 작가들이 자신들이 말할 대상을 궁정이나 왕이 아닌 일반 대중으로 삼고 있음을 의미한다. 덧붙여서 이렇게 충언을 할 지적인 식견이나 자질도 있고 그렇게 할 의지나 도덕성을 갖춘 인물이 칭송될 때 진정한 자유는 존재하는 것이라고 말하고 있다. 밀턴은 이 구절을 인용함으로써 자신이 바로 공익(public good)을 위해 행동하며 자유롭게 말하는 자유시민 가운데 한 명이며, 이는 이소크라테스와 디온 프루세우스(Dion Prusaeus)의 모범을 따르는 것임을 밝힌 것이다. 즉 그는 아테네의 이소크라테스처럼

"사저에서" 국가가 그를 필요로 할 때에 한 시민으로서 의회에 보내는 연설문을 써서 공적으로 권고를 하고 있으며, 저명한 그리스의 수사학자인 디온처럼 관직을 갖지 않은 "평민 웅변가" 역할을 하고 있다는 것이다. 밀턴은 이들이 일반 서민들의 목소리가 자유롭게 반영되는 공공의 장소인 아테네 법정 아레오파구스 앞에서 연설하는 것같이 자신의 주장을 펴고 있으며, 일반인의 자격으로 공적인 기구인 의회와 법정에 대해 정책의 시정을 요구하고 있다.

밀턴은 공화국 내에서 아무런 불평도 제기되지 않는다는 것은 바람직한 자유가 아님을 지적하면서, "불평이 자유롭게 제기되고 깊이 고려되어 재빨리 고쳐질 때, 그때 비로소 지혜로운 사람들이 바라던 시민의 자유가 최대한 달성된다."고 주장

• 이소크라테스의 동상
밀턴은 『아레오파기티카』에서 자신이 아테네의 이소크라테스처럼 공익을 위해 행동하며 자유롭게 말하는 자유시민임을 역설한다.

한다. 그는 이 소책자를 쓴 이유에 대해 한 개인의 막연한 공상을 피력하는 것이 아니라 모든 사람의 "공통된 불만"을 제거하기 위해 "일반의 불평"을 소리 내어 말하기 위함이라고 밝히고 있다. 사전 검열제도가 특별한 관심사에 대한 이야기할 수 있는 공적인 공간을 박탈하여 주교나 장로가 이를 독점해버린 현실에서 밀턴은 종교개혁을 이루

어 가는 과정에서 이 공적 공간을 개발하기 위해 이 글을 집
필한다. 독재자나 권력을 잡은 의회에 대해서 자유롭게 비판
을 가할 수 있고 다수의 반대에도 용감히 맞서 이야기할 수
있는 것이 진정한 자유라는 믿음을 가진 밀턴은 비난을 두려
워하면서도 자유를 사랑하는 마음으로 용기 있게 공개적으로
의회를 비판하는 『아레오파기티카』를 쓰고 있는 것이다.

　『아레오파기티카』에서 밀턴은 책이 결코 죽은 물건이 아니
고 그 속에 생명력을 지니고 있으며 저자의 영혼만큼 활동적
이라며 다음과 같은 유명한 말을 남기고 있다.

> 사람을 죽이는 자는 신의 형상인 이성적 창조물을 죽이
> 는 것입니다. 그러나 좋은 책을 파괴하는 자는 이성 그 자
> 체를 죽이는 것이며, 말하자면, 눈에 보이는 신의 형상을
> 죽이는 것입니다. 많은 사람들은 땅에 짐이 되어 삽니다.
> 그러나 좋은 책은, 생애 뒤의 생애를 위해 향취 있게 저장
> 된 탁월한 영혼의 고귀한 생명의 피입니다.

> Who kills a Man kills a reasonable creature, God's image;
> but he who destroys a good Book, kills reason itself, kills the
> Image of God, as it were, in the eye. Many a man lives a
> burden to the Earth; but a good Book is the precious
> life-blood of a master spirit, embalm'd and treasure'd up on
> purpose to a life beyond life.

● 뉴욕공립도서관 입구에 새겨진 『아레오파기티카』의 한 구절(Martin Hyatt의 사진)

　양서에 대한 이 밀턴의 정의는 뉴욕공립도서관(New York Public Library)의 주 열람실 입구에 새겨져 있을 정도로 유명하다. 밀턴은 좋은 책이 출판도 되기 전에 사전 검열을 통해 출판을 막는 것은 인류에게 회복할 수 없는 큰 손실을 입힐 것이라며 『테트라코돈』(Tetrachordon)에서도 출판의 자유를 타고난 권리라고 주장한다. 그는 국가의 승인 없이 자신의 권위로 출판한다는 사실을 분명히 밝히면서 "나는 인쇄된 중상에 공적으로 맞서 내 자신을 변호하기 위해 자연이 부여한 권리에 의한 허가와 타고난 자유를 취할 것이며, 나를 비방한 심사원에게 기꺼이 항의할 것이다."라고 선언한다. 여기서 말하는 자연이 부여한 권리로 갖는 출판 허가는 공식적인 검열법의 제약을 넘어서 자유롭게 말할 수 있게 해주는 권리를 의미한다. 밀턴은 이러한 권리를 자유롭게 태어난 영국시민의 신분에서 찾고 있다.

『아레오파기티카』에서 밀턴은 자유롭게 말할 수 있는 권리만 주창하고 있는 것이 아니라 급진적 프로테스탄트로서 출판계와 종교계가 잉글랜드 혁명에 필요한 정치적 요건에 부합해야 함을 역설한다. 그는 "만일 우리가 영어로 된 소책자 하나도 믿고 맡기지 않을 정도로 국민을 경계한다면 그것은 검열관의 파이프를 통해 흘러나오는 것 이외에는 아무 것도 받아들일 수 없을 정도로 신앙과 분별력이 형편없는 상태의 경솔하고 악하며 근본 없는 국민으로 혹평하는 것이 아니고 무엇이겠는가?"라고 반문하며 의회가 자국민의 역량을 제대로 평가하고 인정하기를 촉구하고 있다. 더 나아가 밀턴은 "진리와 이해는 허가와 규제에 의해 독점되거나 거래되는 그런 상품"이 아니라며 상업과 무역의 이미지를 동원하여 출판 허가법이 시민적 자유를 획득하는 데 필요한 개인의 능력을 한정하면서 독점을 강행하고 있는 현실을 지적한다. 그는 또한 일반적인 다른 상품들처럼 진리를 허가표시를 하려 해서는 안 된다고 촉구하며, 마치 부상하고 있는 부르주아 계급을 의식하듯 검열관을 과두정치(Oligarchy)의 중심에 있는 독점자(monopolist)로 비유하면서 이들이 국민들에 대해 우월권을 행사하고 있는 현실을 비판한다. 당시 '독점'이라는 말은 폭정과 탐욕, 권력의 남용을 암시하는 불명예스런 용어였으며, 독점자는 개인의 자유를 박탈하고 노예로 전락시키는 것으로 인식되었다. 따라서 밀턴은 개인의 능력을 발휘하고 책을 저술하고 소비하는 것을 방해하는 것은 자유로운 영국민의 기본적 자유를 박탈하는 것이라 주장하면서 자유로운 지적 교류의 중요성을 강조하고 있다.

밀턴은 사전 검열을 통하여 국민의 자유를 제한하려는 의회의 태도에 대해 국민을 "파렴치하고 몽매하고 저속한 무리"로 보고 마치 "새로 발간된 소책자가 휙 날리기만 해도 교리문답과 크리스천다운 걸음걸이에서 벗어나 비틀거릴 것처럼" 우려하는 것이라며 신랄하게 비판한다. 그러면서 영국민은 느리고 굼뜨지 않은, 높은 자질을 갖춘 민족임을 열정적인 어조로 주장하고 있다.

> 여러분의 나라, 여러분이 통치하는 나라가 어떤 나라인지 생각해 보십시오. 이 나라의 국민은 느리고 굼뜨지 않으며, 기민하고 현명하고 통찰력 있는 정신을 갖고 있습니다. 예리한 창의력이 있으며 섬세하고 강건한 이성이 있어서 인간 능력이 솟구쳐 오를 수 있는 최고의 경지에 오르지 못하는 경우가 없습니다.

> consider what nation it is whereof ye are, and whereof ye are the governors: a nation not slow and dull, but of a quick, ingenious, and piercing spirit, acute to invent, subtle and sinewy to discourse, not beneath the reach of any point the highest that human capacity can soar to.

밀턴은 한 민족의 능력과 자질을 이야기하면서 "느리고 굼뜬" 부류와 "기민하고 현명한" 부류로 나누어 언급하고 있다. 그는 잉글랜드 국민을 여러 사상이 난무하는 와중에서도 이성적 능력을 발휘할 줄 아는 자질을 충분히 갖춘 독자로 보았던 것이다. 위클리프(Wicklef)로부터 유럽 전역의 종교개혁이 시작되었다고 생각했던 그가 자국민의 높은 자질을 이처럼 거듭 강조하고 있는 이유는 "경의와 충성심을 가지고 다가올 종교개혁을 나타낼 새로운 관념과 사상을 묵상하고 탐구하며 숙고하고 있는" 영국민이야말로 이 종교개혁의 임무를 완수할 능력이 있음을 말하려는 것이다. 따라서 이런 기민하고 현명한 이성적 자질을 갖춘 국민에게 사전 검열이라는 제도로 자유를 제한하는 것은 매우 잘못되고 어리석은 일이라고 비판한다.

밀턴은 종교개혁이 "학자인 체하며 돈이나 탐내는 패거리"가 아니라, "학문 그 자체를 위해 태어나 이를 사랑하며, 금전이나 그 밖의 목적을 위해서가 아니라 오직 신과 진리에 봉사하는 자유롭고 참다운 학자들"을 통해 완성될 것으로 기대했다. 이들이야말로 외부의 간섭 없이 자유롭게 이성적 판단을 할 수 있는 현명한 독자이며, 살아 있는 지성이며, 능동적인 독자라고 믿었던 것이다. 그런데 의회가 제정한 검열법이 이러한 학식 있고 신앙심 깊은 사람들을 의심하고 낙심시키는 우를 범하고 있음을 그는 꼬집는다. 밀턴은 "출판의 자유는 다시 20명의 고위 성직자로 구성된 위원회의 속박을 받게 되었고, 시민의 특권은 파기되었습니다. 그보다 더 나쁜 것은 학문의 자유가 또다시 낡은 질곡 아래서 신음해야만 한다는 것입니다."라고 개탄하면서, 의회로 하여금 국민의 양식과 역량을 믿고 인정하기를 촉구하고 있다.

밀턴은 잉글랜드 국민이 무능하고 수동적인 독자 혹은 국민이 아니라 신의 선물인 이성으로 선과 악을 분별할 줄 아는 능동적인 국민이기에 마땅히 자유를 보장받아야 하며, 검열제가 시행되면 시민들이 자신들의 양심의 자유를 행사할 기회를 박탈당하게 된다고 주장한다. 잉글랜드 국민이 수동적인 독자나 청중이 아니라고 반박함으로써 그는 사실상 로드 대주교의 교회를 공격하고 있는 것으로 볼 수 있다. 밀턴은 자국민을 무능하고 수동적인 존재로 인식하고 자유를 제한하게 되면 진리에 대해 무지하고 야만스럽고 노예와 같은 상태로 전락시킬 수 있다는 우려를 표명하고 있는 것이다. 나아가 그는 이 검열 제도를 가톨릭과 관련이 있는 것으로 파악하면서 원래 이 제도가 "그들의 마음에 들지 않는 책들을 불태우고 읽는 것을 금지한" 로마의 교황들에 의해 시작되었음을 지적한다. 밀턴은 이들이 자신들의 기호에 맞지 않는 글에 대해 금지 조치를 내리거나 금서 목록에 넣어버린 사실을 이야기하면서, 책의 출판을 억압하는 것을 가톨릭이 양심의 자유를 억압하는 것과 동일시하고 있다. 그는 검열관을 지옥의 심판관에 비유하면서, 책이 세상에 태어나기도 전에 이들의 심판 받아 출판되지 못하게 하는 법을 종교개혁에 반대하는 가톨릭과 같이 치부한 것이다.

밀턴은 검열이 악명 높은 "종교재판소로부터 슬며시 기어 나온" 것이라며 전제적인 가톨릭에서 유래되었음을 거듭 강조함으로써 청중의 감정에 호소하는 전략을 사용하고 있다. 그의 의도는 의회가 자유롭게 태어난 영국 시민의 덕과 자질을 인정하여 교황과 종교재판소에서 시작된 사전 검열이라는 강제적이고 나쁜 제도를 폐지하도록 만드는 것이다. 밀턴은 자신의 글 가운데 가장 수사적이라고 할 수 있는 『아레오파기티카』에서 목표하는 독자층인 의회 의원과 런던의 여론 주도층을 치켜세우며 이들이 "탁월한 영혼의 고귀한 생명의 피"를 보존하는 영웅적인 사업에 동참하도록 설득하고 있다. 나아가 검열 제도 하에서는 개인의 영혼이 선과 악을 판단할 여지가 없으므로 이를 없앰으로써 선악을 선택할 양심의 자유를 누리게 하자는 것이다. 그는 만약 이런 강압적인 검열 제도가 지속될 경우 인간의 정신이 노예 상태로 전락하게 될 것을 우려하면서, 또한 검열관의 자질과 권위에 대해서도 의문을 제기한다. 책이 출판되어야 할 것인지 말 것인지를 결정하는 사람은 "근면과 학식과 지혜에서 보통 이상의 인물"이어야 하며, 만일 그가 "무식하고 오만하고 무책임하거나, 아니면 천박하게 돈이나 밝히는" 사람이라면 그로 인해 빚어지는 손실과 폐해의 심각성에 대해 경고하고 있다. 밀턴이 판단하기에 검열 제도에 있어서 가장 큰 문제점은 검열관이 저자에 대해 잘못된 판단을 할 수 있다는 것과, 통치자가 검열관 선정에 잘못을 범할 수 있다는 것이다. 이 쉽지 않은 문제에 대한 고민의 결과 밀턴은 6년 후에 스스로 검열관의 직책을 맡은 것이 아닐까 짐작된다. 이 직책을 맡은 것이 비록 후퇴이기는 하지만 초기에 자신의 유명한 저작에서 한 주장에서 완전히 결별한 것은 아니다. 즉, 밀턴은 많은 공화주의자들과 마찬가지로 1649년에 공화정의 기초를 놓을 역사적인 기회가 온 것으로 생각했고, 만약 이 기회를 놓치면 다시는 오지 않을 것이기에 이를 전복시키려고 선동하는 소책자나 소식지의 억압을 묵인했던 것이다.

밀턴은 『아레오파기티카』에서 시민을 양심적인 독자로 보는 혁명적인 생각을 밝히고 있다. 그는 잉글랜드의 독자들을 스스로 그들이 읽은 것을 능동적으로 판단할 수 있는 기본적인 능력을 지닌 개인들로 자리매김한다. 밀턴은 "만일 우리가 선생의 회초리에서 벗어난 후에도 다시 출판 허가증의 막대기 아래 놓인다면 다 자란 어른임에도 불구하고 어린 학생보다 나을 것이 무엇이겠는가?"라고 물음을 던지며, 검열을 통해 지도를 받아야 할 미숙한 독자를 어린 학생에 비유한 반면 유능하고 혁명적인 독자를 어른에 빗대는 재미있는 비유를 하고 있다. 그러나 밀턴은 여성이나 가난하여 교육을 받지 못한 잉글랜드 시민들도 이 현명한 독자에 포함이 되는지, 그리고 어떻게 어린 학생과 같은 독자가 많은 책을 읽는 시련을 통해 성숙한 독자로 성장해 가는지에 대해서는 자세한 언급을 하지 않고 있다.

밀턴은 "우리를 정화하는 것은 시련이며 시련은 반대되는 것에 의해 이뤄진다."라며 시련을 통한 교육적 독서를 강조한다. 밀턴의 산문은 1640년대에서 1670년대에 이르기까지 다양한 방식으로 이성의 기능에 대해서 언급하면서 이성은 인간이 지식과 사랑과 참된 기쁨에 참여할 수 있는 신의 형상이라는 생각을 거듭 밝히고 있다. 그는 백지와 같은 인간의 영혼과 미덕에 시련을 통한 연단을 제공하는 매개가 바로 책이라고 주장한다. 책을 읽을 때 인간의 정신은 개인의 양심과 자유의지에 따라 선악을 판단하는 훈련을 거치게 된다고 말한다. 밀턴은 독서와 음식 사이의 유추를 제시하며, 책은 음식과 같아서 손상된 위장엔 좋은 음식이나 나쁜 음식이나 다를 것이 없듯이 사악한 정신에는 좋은 책도 나쁜 책과 다를 바가 없다고 주장한다. 그리고 "나쁜 책이라 할지라도 사려 깊고 분별 있는 독자가 읽기만 한다면 그것은 악을 분별하고 논박하고 미리 경고해 주며, 악의 존재를 분명하게 해준다."라며 책은 독자에게 시련을 통해 올바른 판단에 이를 수 있도록 연단한다고 말한다. 밀턴은 알렉산드리아 주교 디오니시우스(Dionysius)가 보았던 환상과, 바울이 데살로니가 교인들에게 보낸 편지에서 쓴 "범사에 헤아려 좋은 것을 굳게 잡으라"(데살로니가 전서 5:

21)는 구절과, "깨끗한 자들에게는 모든 것이 깨끗하다."라는 디도서(1 : 15)의 가르침 등을 언급하며, 어떤 형태의 책도 분별 있는 독자가 읽지 못할 책은 없다고 단정 짓는다. 여기에 인용된 성경 구절들이 모두 양심에 따른 개인의 선택과 판단의 중요성을 강조하고 있듯이 독자는 자신의 이성의 능력으로 책의 가치를 스스로 판단하여야 한다. 그러나 검열 제도 하에서는 국가가 개인으로부터 선택의 자유와 권리를 박탈하게 된다는 사실을 밀턴은 주장하고 있다.

밀턴이 출판과 표현의 자유를 위해 싸울 때 염두에 둔 대상은 프로테스탄트에 국한되지만 이 과정에서 능력 있고 현명한 독자상을 확립하는 데 기여한다. 그가 출판의 자유를 옹호하는 바탕에는 대중을 올바로 책을 분별할 수 있는 능력을 갖춘 독자로 인정하는 인식이 깔려 있다. 그는 잉글랜드 시민이 특별한 능력과 권리를 지니고 있으며 스스로 올바른 판단을 내리기에 충분한 이성과 자유를 타고 났다고 생각했으며, 영국 혁명 당시의 급진파들이 그러했던 것처럼 시민의 양심의 자유를 주창했다. 이처럼 밀턴은 책에 대해서 판단할 권위는 국가가 임명하는 검열관에 있는 것이 아니라 독자 개개인의 이성과 양심에 있으며, 인간 영혼의 선과 악의 싸움에서는 선이 반드시 이기며, 현명한 독자는 책 속에 포함되어 있는 악에 충분히 저항할 수 있다고 확신하였다.

3. 다양한 의견과 분파를 인정하는 관용을 주장하고

"When God gave him reason, he gave him freedom to choose, for reason is but choosing"

신이 아담에게 이성을 주셨을 때, 신은 그에게 선택의 지유를 주신 것이다.

『아레오파기티카』는 검열자에 대한 문제와 더불어 후반부에서 관용의 원리에 관해 이야기함으로써 그 난해함이 더해진다. 17세기 유럽에서는 관용이 근대 세계의 시민의 자유를 둘러싼 논쟁에서 반드시 지켜야 할 원칙 가운데 하나로 이야기되었지만, 종교개혁이 진행되면서 영국에서는 여러 교파들이 내부의 분파와 교리상의 차이를 억압하려는 현상들이 생겨났다. 일반적으로 관용은 자신이 속한 집단이 선호하지 않거나 받아들이지 않을 수도 있는 믿음과 관습을 용인하거나 묵인하는 행위 혹은 상태로 정의할 수 있다. 출판의 자유를 주창한 『아레오파기티카』에서 표현의 자유란 상이한 종교적 견해의 선택을 용인하는 종교적 관용과 다양한 교리를 신봉할 수 있는 개인의 자유나 양심의 자유를 의미하는 것이었으며, 이때 종교적 관용이 소극적 성격을 띤다면 양심의 자유는 한층 적극적인 의미를 갖는 것으로 해석할 수 있다. 『아레오파기티카』

는 잉글랜드 내의 프로테스탄트 공동체가 자신들이 가톨릭과 다르다는 차별성에 대한 생각이 일치하는 범주 내에서는 예배 의식과 믿음의 전 영역을 허용하는 폭넓은 교회가 되어야 한다는 독립교회(Independent)나 조합교회주의자(Congregationist)의 주장과 맥을 같이 하는 관용주의적인 소책자이다.

『아레오파기티카』는 관용주의 가운데서 특별히 출판의 자유에 초점을 맞추고 있다. 이 글에서 밀턴은 종파간의 불일치를 허용하고 크리스천의 삶에 대한 많은 문제의 해답이 아직 얻어지지 않았다는 사실을 인정해야 하며, 이런 폭넓은 프로테스탄트 공동체 내에서 가장 중요한 것은 건강하고 적극적인 대화임을 강조한다. 그는 "배우려는 욕망이 클수록 필연적으로 논쟁도 많기 마련이다. 많은 저작이 나올수록 견해도 다양할 것이데, 선한 사람의 견해란 형성 중에 있는 지식에 불과한 것이기 때문이다."라며 다양한 의견과 분파에 대한 걱정과 우려에 대해 비판하며 이를 허용해야 한다고 주장한다. 그러면서 그는 진리가 하나의 모습 이상을 취할 수도 있으며, "진리란 그 본연의 모습을 지키면서도 대수롭지 않은 모든 문제에 대하여 이쪽이나 저쪽 편을 들 수 있는 것이 아닌가?"라고 묻고 있다. 이렇게 볼 때 『아레오파기티카』의 중심 되는 논제는 관용에 관한 것이라기보다는 지식의 보다 나은 순환을 위한 자유로운 출판의 필요성이라고 할 수 있다.

밀턴은 출판허가법이 종교적 자유를 제한하기 위한 여러 가지 시도 가운데 하나가 아닐까 우려하면서 의회로 하여금 "자유로운 양심과 기독교의 자유를 인간의 규범과 교훈으로 채워 넣는 주교제의 전통을 버리도록" 하려는 목적에서 『아레오파기티카』를 썼다. 그러나 이 소책자는 종교의 자유를 옹호하는 좁은 범위에 머물지 않고 혹스비의 주장처럼 "양심에 따라 자유롭게 알고 말하고 주장할 자유"와 같은 포괄적인 자유를 옹호하고 있다. 이러한 자유에 대한 밀턴의 신념은 "주의 성전"을 건축하려는 그의 비전 가운데 열정적이고 정교하게 드러나 있다.

주의 성전을 건축하자면 어떤 이는 대리석을 자르고, 어떤 이는 다듬으며, 다른 사람은 삼나무를 베어야 합니다. 그럼에도 불구하고 분별없는 어떤 사람들은 신의 성전이 건축되기에 앞서 마땅히 채석장과 벌목장에서 많은 분리와 분열이 있어야 한다는 것을 생각하지 못합니다… 크게 불균형을 이루지 않는, 수많은 온건한 다양성과 융화된 상이성 가운데서 전체의 건축 구조를 떠받치는 아름답고 우아한 균형이 생겨나는 것입니다.

while the temple of the Lord was building, some cutting, some squaring the marble, others hewing the cedars, there should be a sort of irrational men who could not consider there must be many schisms and many dissections made in the quarry and in the timber, ere the house of God can be built… out of many moderate varieties and brotherly dissimilitudes that are not vastly disproportional arises the goodly and the graceful symmetry that commends the whole pile and structure.

여기서 밀턴은 분리와 분파를 뜻하는 "schism"을 축자적 의미인 자르고 나눈다는 의미로 사용하고 있다. 반주교제 논문에서와 마찬가지로 밀턴이 주장하는 핵심적인 문제는 공적이고 자유로운 의견의 교환을 통한 진리의 증진이며, 이를 설명하기 위해 솔로몬의 성전이라는 건축의 은유를 사용한다. 즉, 이 주의 성전은 지나치게 불균형을 이루지 않는 다수의 온건한 다양성과 친근한 차이로부터 생겨나는 우아한 균형이라는 말이다. 이 유추는 진리가 다양한 형태의 모습을 지닌다는 그의 비전과 일치한다.

『아레오파기티카』는 밀턴이 1640년 이후로 종교개혁의 완성을 위한 법적·신학적 전통과 성경을 재해석하면서 교육 프로그램에 전적으로 몰두하는 과정에서 집필되었다. 그는 하트립(Samuel Hartlib)을 중심으로 한 개혁적인 과학자 그룹과 밀접한 관계를 유지했는데, 이들 그룹에서는 급진적인 종교와 정치, 그리고 자연 철학 사상을 세계적으로 교류하며 개혁의 성격에 대한 논의가 열심히 모색되었다. 당시 영국에서는 엄청난 수의 새로운 종교 집단이 생겨나 정통 교회의 권위를 잠식하기 시작하였으며 종교적 진리에 대해 서로 상충되는 다양한 견해가 표현되는 혼란스러운 상황을 맞고 있었다. 이러한 상황 속에서 밀턴은 모두가 한 마음이 될 수 없다면 "모두를 강제하는 것보다는 많은 사람들에게 관용을 베푸는 것이 의심할 나위 없이 더 건강하고 분별 있고 더 기독교적이다."라고 주장한다. 생각은 이후 1659년에 발표되는 『시민권력론』(*A Treatise of Civil Power in Ecclesiastical Causes*)에서 교회와 국가의 분리를 주장하는 것으로 발전하게 된다.

밀턴은 신이 선택한 영국민들에게 "위대한 종교개혁이 기대되는 이때" 분파와 파당을 용납하는 관용의 정신으로 "영적인 건축"을 잘 해나가자고 역설하고 있다.

> 모두가 한마음이 될 수 없다면 모두를 강제하는 것보다는 많은 사람들을 관용하는 것이, 의심할 여지없이 더욱 건전하고 더욱 현명하고 더욱 기독교적입니다. 그렇다고 해서 가톨릭과 같은 공공연한 미신을 관용하라는 것은 아닙니다. 그것은 모든 종교와 시민적 권리를 뿌리째 뽑아 버립니다. 그러므로 먼저 연약한 자와 그릇 인도된 자들을 돌이키기 위한 모든 사랑과 연민의 수단이 먼저 동원된다는 전제하에서 그것은 근절되어야 합니다.

> if all cannot be of one mind, as who looks they should be?

this doubtless is more wholesome, more prudent, and more Christian that many be tolerated, rather then all compelled. I mean not tolerated popery, and open superstition, which, as it extirpates all religions and civil supremacies, so it self should be extirpate, provided first that all charitable and compassionate means be used to win and regain the weak and the misled.

이처럼 관용을 주창하면서도 밀턴은 "모든 종교와 시민의 주권을 뿌리째 뽑아버리는", "가톨릭과 공공연한 미신에 대해 관용하라는 말이 아니다."라며 가톨릭에 대해서는 미신과 마찬가지로 근절되어야 한다는 입장을 취하고 있다. 여기서 밀턴이 의미하는 바가 단지 가톨릭과 그것의 미신적인 관례인지, 아니면 가톨릭과 로드 대주교의 의식과 같은 다른 미신적인 관례인지는 분명하지 않다. 분명한 사실은 교황의 권력이 국가의 시민정부 위에 있다며 국가의 자율권을 위협하면서 종교재판소(Inquisition) 같은 반개혁 기관을 통해 개신교를 억압하는 가톨릭 자체가 억압되어야 한다고 밀턴이 생각했다는 점이다. 근대초기로 접어들어 국가와 교회가 서로 시민의 종교 생활을 독점하기 위해 경쟁하면서 "로마의 교황들이 제멋대로 정치적 지배권 장악에 몰두하여" 그들의 마음에 들지 않는 책들을 불태우고 읽는 것을 금지하기 시작한 것 때문에 밀턴이 로마 가

 존 밀턴의 생애와 사상

톨릭을 관용할 수 없다고 생각했을 가능성이 높다. 밀턴을 옹호하는 비평가들은 그가 전쟁이 벌어지고 있는 중에 집필하고 있으며, 당시 가톨릭은 심각한 위협으로 간주되던 상황이었음을 지적한다. 이로 미루어 볼 때 관용의 원리를 역설하고 있는 밀턴의 사상은 기독교적 휴머니즘에 바탕을 두고 있으며, 밀턴도 로크(John Locke)처럼 로마 가톨릭을 배제하고 관용을 주장한 17세기의 많은 인물 중 한 명처럼 보인다. 그렇다면 밀턴이 주장하는 관용은 "종교적 관용"(religious toleration)이라고 부르기보다는 "프로테스탄트적 관용"(Protestant toleration)이라고 일컫는 것이 타당하리라 여겨진다. 『아레오파기티카』는 다소 권위주의적인 자유주의를 제안할지라도 현대적 자유주의의 근간이 되고 정전으로 인정받고 있다. 비록 밀턴이 관용을 이야기하면서 동시대의 몇몇 문제를 명백히 등졌음에도 불구하고 이는 현대적 관심사를 건드린 작품이고 현대적 지성을 구성한 것으로 평가되기 때문이다.

밀턴은 어떤 사람이 권위에 입각하여 맹목적으로 믿는다면 그가 맹신(implicit faith)하는 진리는 이단이 되는 것이라고 경계하면서, 자신의 이성으로 잘 판단하여 교리를 충분히 이해하고 믿는 명시적 신앙(explicit faith)을 가질 것을 권하고 있다.

지각이 있는 사람은 잘 알겠지만 우리의 믿음과 지식은 팔다리와 몸처럼 운동을 할 때 왕성하게 자란다. 성경은 진리를 흐르는 샘에 비유한다. 진리의 물은 계속 흐르지 않으면 순응주의와 전통이라는 흙탕물에 고여 썩고 만다. 사람은 진리에 있어서 이단적일 수 있다. 그가 만일 목사가 그렇게 말했다는 이유로, 혹은 웨스트민스터 종교회의가 그렇게 결정했다는 이유로, 그 밖의 이유를 알지 못한 채 어떤 사실을 믿는다면, 비록 그의 믿음이 진실한 것이라 할지라도 그가 믿는 진리는 이단이 되는 것이다. 사람들은 자신들의 종교를 보살펴야 할 책임과 의무를 너무나 가볍게 다른 사람에게 맡겨버리곤 한다.

Well knows he who uses to consider, that our faith and knowledge thrives by exercise, as well as our limbs and complexion. Truth is compared in Scripture to a streaming fountain; if her waters flow not in a perpetual progression, they sicken into a muddy pool of conformity and tradition. A man may be a heretic in the truth; and if he believe things only because his Pastor says so, or the Assembly so determines, without knowing other reason, though his belief be true, yet the very truth he holds, becomes his heresy. There is not any burden that some would gladlier post off to another, then the charge and care of their religion.

여기서 "그 밖의 이유를 알지 못한 채"라는 구절은 첫째, 밀턴이 성경이 아닌 다른 사람의 외적 권위와 개인의 지식이라는 내적 권위를 대조시키고 있으며 둘째, 신학적인 지식을 뒷받침해주는 "이유"는 성경 속에서 분명하게 찾을 수 있다는 핵심적인 의미를 담고 있다. 밀턴은 프로테스탄트로서 성경을 읽는 개인적인 경험을 강조하고 있는데, 이는 어떤 권위 있는 인물이 말한다고 해서 그것을 맹목적으로 믿을 것이 아니라 자신의 판단에 따라 믿는 자세가 독자가 지녀야 할 핵심적인 태도임을 말하고 있는 것이다. 『아레오파기티카』와 함께 관용의 문제를 집중적으로 다룬 밀턴의 산문으로는 『시민권력론』이 있다. 이 글에서도 밀턴은 "양심"과 "올바른 이성"에 대해 자세히 다루면서 신앙 양심에 따라 성경을 해석했다면 그 사람은 이단자가 아니라 최상의 프로테스탄트이며, 성경에 근거하지 않은 전통과 사견을 따르는 교황주의자야말로 이단자라고 주장함으로써 개인의 신앙양심에 따른 다양한 성경 해석의 가능성을 인정하고 있다.

당시 많은 사람들이 교회와 정치의 개혁에 대해 이야기하는 상황 속에서 밀턴은 결혼과 교육, 그리고 출판의 자유라는 영역을 자세히 살펴보기를 원했다. 밀턴의 급진적 사상은 주교제 폐지를 주장하고 미래의 교회 형태에 대한 논쟁을 시작한 1643년경부터 형성되었다고 볼 수 있다. 사실 밀턴 자신도 인간의 영혼은 부활할 때까지 육체에 머문다고 믿었고, 성경을 축자적으로 받아들여야 한다는 생각을 거부했고, 정신적으로 조화를 이루지 못하는 배우자와 이혼할 수 있어야 한다고 주장했다는 점에서 당시의 종교적 상황에서 판단할 때 이단적인 사상의 소유자였다고 볼 여지가 다분하다.

밀턴은 인간의 미덕은 선과 악을 선택하는 성숙한 행동이 있을 때 비로소 의미를 지니게 되며 선택은 자유의지의 핵심 요소이기에, 이성과 선택은 인간에게 생명과 같이 중요한 것이라며 다음과 같이 이야기한다.

> 많은 사람들이 아담으로 하여금 율법을 범하게 한 신의 섭리를 불평합니다. 이 얼마나 어리석은 말입니까? 신이 그에게 이성을 주셨을 때, 신은 그에게 선택의 자유를 주신 것입니다. 이성이란 곧 선택을 의미하는 것이기 때문입니다. 그렇지 않다면 그는 단순히 인공적으로 만들어진 아담일 뿐이며, 그러한 아담은 인형에 불과합니다… 신은 왜 우리 안에 격정을, 그리고 우리 주위에 쾌락을 창조해 놓으시고는 이러한 절제를 미덕의 요인으로 삼으시는 것일까요?

> Many there be that complain of divine providence for suffering Adam to transgress, Foolish tongues! when God gave him reason, he gave him freedom to choose, for reason is but choosing; he had been else a mere artificial Adam, such an Adam as he is in the motions… Wherefore did he create passions within us, pleasures round about us, but that

these rightly tempered are the very ingredients of virtue?

"이성은 곧 선택이다."는 구절은 아리스토텔레스의 『윤리학』 (*Ethics*)에 나오는 말로 밀턴은 이를 『교육론』에서도 그대로 언급하고 있다. 그의 논지를 따르자면 악이 없는 곳에는 선도 없고, 죄악이 없으면 미덕도 의미가 없다는 것이다. 그러기에 밀턴은 "어째서 우리는 미덕의 실험이자 진리의 시험이기도 한 자유로운 책 출판 허용이라는 수단을 줄이거나 없앰으로써 신과 자연의 방식을 거슬러야 한단 말인가?"라며 검열법을 시행함으로써 시민으로부터 선택의 자유를 억압하는 것에 대해 이의를 제기하고 있는 것이다.

『아레오파기티카』에서 밀턴은 사상의 자유 시장에서 진리가 거짓과 맞붙게 되면 자율조정의 원리에 따라 진리가 이기게 되며, 여기에 권력자의 권위가 개입하는 것은 개인이나 사회의 지적발전에 장애가 될 따름이라는 주장을 펴고 있다. 그는 비록 온갖 종류의 교리가 세상에 난무한다 하더라도 그것 때문에 검열제를 도입하고 금지조치를 취한다면 진리의 힘을 의심하는 것이니 "진리와 거짓이 서로 맞붙어 싸우게 하라."라고 주장한다.

온갖 종류의 교리가 풀려나서 세상에 밀어닥치는 와중에도 진리는 전투를 수행하고 있으며, 우리가 검열제와 금지조치를 취한다면 그것은 부당하게도 진리의 힘을 의심하는 것입니다. 진리와 거짓으로 하여금 서로 맞붙어 싸우게 하십시오. 자유롭고 공개적인 경쟁에서 진리가 패배하는 일은 결단코 없습니다.

And though all the winds of doctrine were let loose to play upon the earth, so Truth be in the field, we do injuriously by licensing and prohibiting to misdoubt her strength. Let her and Falsehood grapple; who ever knew Truth put to the wars, in a free and open encounter. Her confusing is the best and surest suppressing.

이는 진리와 인간 이성의 선택 능력에 대한 신뢰를 보여주는 것으로 "진리는 전능한 신 다음으로 강하다."는 밀턴의 낙관주의가 강하게 나타난 부분이기도 하다.

밀턴은 『아레오파기티카』에서 종교적인 관용을 이야기하지만 이를 가톨릭에까지 확대하여 적용하지는 않았다는 점에서 그가 말하는 관용은 프로테스탄트에 국한된 관용이라고 할 수 있다. 또한 그는 일종의 사후 검열을 분명히 허용하는 입장을 취하고 있기 때문에 엄밀한 의미에서는 언론의 자유를 옹호하고 있지도 않다. 이러한 한계에도 불구하고 이 소책자의 많은 구절이 자유롭고 열린 탐구의 이상을 이야기하고 있다는 점에서 그 가치를 높이 평가할 수 있을 것이다.

4. 이상적 잉글랜드 건설을 꿈꾼 혁명가

밀턴이 『아레오파기티카』에서 어떤 수사적 전략을 쓰고 있으며 의회에 호소함으로써 어떤 정치적 이익을 얻으려고 하였는지 정확히 파악하는 것은 힘들다. 그러나 한 가지 분명한 사실은 제한된 출판의 자유와 프로테스탄트 여러 분파에 대한 관용을 주창한 밀턴의 주장이 당대의 역사적 환경에서 볼 때 매우 용기 있는 것이었으나 후대에 큰 호응을 얻어내지 못했다는 사실이다. 실제로 의회는 이단적인 사상을 억누르는 데 한층 더 힘을 썼다. 결과적으로 『아레오파기티카』는 사전검열을 요구하는 의회의 1643년 법령으로 말미암은 출판환경을 바꾸어보려는 밀턴의 목적과는 달리 당대에는 별 영향력을 행사하지 못하였다고 할 수 있다. 그럼에도 불구하고 이 글은 공적인 영역을 개념화하는 데 있어서 중요한 순간을 점하고 있다. 『아레오파기티카』에서 밀턴은 잉글랜드 국민을 정치 개혁과 종교개혁을 수행할 적절한 대중이나 독자로 묘사한다. 그는 정치적 논의가 폭넓은 독서 대중 앞에서 이뤄져야 한다고 주장함으로써 공적 영역에 대한 완전히 새로운 의식을 형성하는 데 기여하였으며, 이러한 생각의 저변에는 시민의 의무와 종교적 양심이라는 개념이 깔려 있다. 밀턴은 잉글랜드 국민은 악에 저항하고 견뎌낼 수 있는 양심과 이성적 자질을 지녔기 때문에 출판에 앞서 검열을 행하는 것은 국민에 대한 모욕이라는 강력한 정치적 진술을 의회에 피력하고 있다. 즉 시민들은 스스로 판단할 능력이 있으므로 어떤 책이라도 읽을 자유가 있다는 것이다. 밀턴은 출판이 할 일이란 웅변이 고전적으로 수행한 이상에 프로테스탄트의 종교개혁에 대한 사명을 합한 것이라고 생각하고, 잉글랜드 국민이야말로 이러한 임무를 수행할 수 있는 역량 있는 양심적이고 이상적인 시민이라며 공적인 영역에 대한 혁명적인 의식을 표현하고 있다.

밀턴이 『아레오파기티카』에서 이야기하는 현명하고 분별 있는 독자는 청교도적인 믿음을 포괄적으로 받아들이는 독자만을 대상으로 한다는 점에서 이 소책자는 한정되고 자유롭지 못한 텍스트라고 말할 수도 있을 것이다. 그러나 이 경우 자유를 주창하는 자유롭지 못한 텍스트라는 단서를 붙여야 할 것이다. 밀턴은 출판의 자유를 옹호하는 근거로 양심의 자유를 주장하는데, 이는 영국혁명 당시에 널리 퍼져 있던 대중에 대한 사상을 반영하고 있다. 여기서 말하는 대중 혹은 국민은 학식 있고 분별 있는 현명한 독자를 의미한다. 당시 개혁적인 프로테스탄트들은 개인이 직접 성경을 읽음으로써 영혼에 필요한 모든 것을 이해하고 얻을 수 있다고 생각했는데, 이는 신부나 특정의 인허를 받은 독자의 중개를 인정하지 않는다는 점에서 가톨릭과 정면으로 배치되는 입장이었다. 따라서 프로테스탄트 신앙을 소유한 대중 혹은 독자의 양식과 분별력을 인정하면서 출판의 자유와 양심의 자유를 부르짖은 밀턴의 주장은 잉글랜드 국민이 중심이 되어 종교개혁을 완성해야 한다는 그를 비롯한 동시대 급진적 프로테스탄트들의 생각과 맥을 같이 하고 있다. 이들은 개인의 내면의 가치와 양심과 이성을 중요시하여 외부의 간섭이나 교리문답, 제단, 기도서 등과 같은 형식에 치우친 종교적 관행을 없애고, 출판을 종교적 전통을 개혁하는 데 사용해야 한다는 생각을 가지고 있었다.

밀턴이『아레오파기티카』를 집필하던 1643년과 1644년의 정치적 상황은 상당히 혼란스러웠다. 의회파가 왕당파에 승리를 거두고는 있었지만 연말까지 완전한 승리를 거둔다는 보장이 없었기에 특히 종교 문제에 대한 상하 양원의 생각과 리더십은 점점 더 분열되고 있었다. 따라서 이 소책자가 발간될 당시만 하더라도 1640년대 말의 국왕시해를 둘러싼 논쟁 따위는 꿈도 꿀 수 없는 상황이었다. 그러나 르네상스 공화주의를 주창하는 가운데 개인의 지적인 행위와 미덕을 강조하면서 이상적 독자는 자신의 이성과 양심에 따라 올바른 판단을 할 수 있는 능력을 갖추고 있다고 하는『아레오파기티카』에 나타난 밀턴의 사상은 대중에게 엄청난 힘을 실어주게 되고, 이 혁명적 대중 혹은 독자들은 결국 1649년에 심지어 왕의 처형까지도 정당화될 수 있다는 믿음을 행동으로 옮기기에 이른다.

오늘날에도 여전히『아레오파기티카』가 읽히는 이유는 문체와 수사법이 자유분방하고 뛰어나기 때문이지 이 글이 언론의 자유와 양심의 자유를 옹호한 영국 최초의 글이라서가 아니라는 주장과 함께, 밀턴은 이 소책자에서 로드의 교회와 로마 교회를 연관시키고 그 둘이 검열제의 기원이라고 주장하지만 이는 사실과는 거리가 멀다는 비판이 최근 비평가들 사이에서 가해지고 있다. 출판은 그 이전에도 늘 통제되어왔으며 모든 정부가 직접적이고 효율적인 통제양식으로 검열제를 좋아했기 때문에 검열제가 반드시 가톨릭적인 법이라고 말할 수 없다는 것이다. 뿐만 아니라 그 당시의 검열은 전통적 생각의 한계를 넘어서는 데 대해 심한 억압을 가하지 않았기 때문에 심각한 문제가 아니었고 어떤 경우든 검열로 인한 제재가 밀턴이 『아레오파기티카』에서 주장하는 것보다는 훨씬 덜 엄격했다는 것이다. 이런 이유로 밀턴의 소책자를 개인적인 불평의 산물로 단정하기도 한다. 이러한 비판에도 불구하고 밀턴은 사상의 자유 시장에서 진리와 거짓이 맞붙게 되면 자율조정의 원리에 따라 진리가 이기게 되며, 여기에 권력자의 권위가 개입하는 것은 개인이나 사회의 지적발전에 장애가 될 따름이라는 사실을 『아레오파기티카』에서 역설하고 있음은 제대로 평가받아야 할 것이다. 이는 그가 지식의 순수성과 인간 이성의 선택 능력에 대한 낙관적인 믿음을 지니고 있었음을 보여준다. 밀턴은 자유에는 책임이 따라야 하고, 이성에는 합리적 선택이 전제되어야 하며, 지식에는 도덕적 정당성이 배어 있어야 한다고 믿었다. 결국 검열 문제는 이성에 기초하여 충분한 판단 능력을 지닌 현명한 독자 개인의 능력과 자유의지

에 따른 선택에 맡겨 출판의 자유를 허용해야 하며, 이 길이야
말로 이상적인 잉글랜드를 건설하는 지름길이라는 것이 밀턴
의 확고한 신념이었던 것이다.

참고문헌

김인성. 「밀턴의 이혼론에 나타나는 기독인의 자유와 여성의 예속」. 『밀턴
연구』 6 (1996): 73-107.

박상익. 『언론 자유의 경전 아레오파기티카』. 서울 : 소나무, 1999.

______. 『밀턴 평전』. 서울 : 푸른역사, 2008.

이종우. 「종교개혁을 위한 담론의 형성과 이상적 주체의 형상—밀턴의 『아
레오파기티카』」. 『영어영문학』 50.2 (2004): 515-42.

최재헌. 「현대적 자아의 탄생 :『실낙원』에 그려진 노동을 중심으로」. 『밀
턴과근세영문학』 18.2 (2008): 367-93.

Achinstein, Sharon. *Milton and the Revolutionary Reader*. Princeton: Princeton UP,
1994.

Belsey, Catherine. *John Milton: Language, Gender, Power*. Oxford: Basil Blackwell, 1988.

Burt, Stephen. "To the Unknown God: St. Paul and Athens in Milton's
Areopagitica." *Milton Quarterly* 32 (1998): 23~31.

Cable, Lana. *Carnal Rhetoric: Milton's Iconoclasm and the Poetics of Desire*. Durham:
Duke UP, 1995.

Campbell, Gordon. *John Milton*. Oxford: Oxford UP, 2007.

Corns, Thomas N, ed. *Uncloistered Virtue: English Political Literature, 1640~1660*.
London: Clarendon, 1992.

______. *John Milton: The Prose Works*. New York: Twayne Publishers, 1998.

______, ed. *A Companion to Milton*. Oxford: Blackwell, 2001.

Cotterill, Anne. *Digressive Voices in Early Modern English Literature*. Oxford: Oxford
UP, 2004.

Danielson, Dennis Richard, ed. *The Cambridge Companion to Milton*. Cambridge: Cambridge UP, 1989.

Donnelly, Phillip J. *Milton's Scriptural Reasoning: Narrative and Protestant Toleration*. Cambridge: Cambridge UP, 2009.

Dzelzainis, Martin. "John Milton, *Areopagitica*." *A Companion to Literature from Milton to Blake. Ed. David Womersley*. Oxford: Blackwell, 2000. 151~158.

Edwards, Karen L. "Gender, Sex and Marriage in Paradise." *A Concise Companion to Milton*. Ed. Angelica Duran. Oxford: Blackwell, 2007. 144~160.

Fallon, Stephen. "The Metaphysics of Milton's Divorce Tracts." *Politics, Poetics, and Hermeneutics in Milton's Prose*. Ed. David Loewenstein and James Grantham Turner. Cambridge: Cambridge UP, 1990. 69~83.

Fish, Stanley Eugene. *Surprised by Sin: The Reader in Paradise Lost*. London: Macmillan, 1967.

______. "Driving from the Letter: Truth and Indeterminacy in Milton's *Areopagitica*." Re-membering Milton: Essays on the Texts and Traditions. Ed. Mary Nyquist and Margaret Ferguson. New York: Methuen, 1988. 234~254.

______. *How Milton Works*. Cambridge: Belknap P of Harvard UP, 2001.

Giamatti, A. Bartilett. *Exile and Change in Renaissance Literature*. New Haven: Yale UP, 1984.

Guillory, John. *Poetic Authority: Spenser, Milton, and Literary History*. New York: Columbia UP, 1983.

Herman, Peter C. *Destabilizing Milton: "Paradise Lost" and the Poetics of Incertitude*. New York: Palgrave, 2005.

Hunter, William B., ed. *A Milton Encyclopedia*. 7 vols. London: Associate UP, 1978.

Illo, John. "*Areopagitica*'s Mythic and Real." *Prose Studies* 11 (1988): 3~23.

Jordan, Matthew. *Milton and Modernity: Politics, Masculinity and Paradise Lost*. New

York: Palgrave, 2001.

Keeble, N. H, ed. *The Cambridge Companion to Writing of the English Revolution.* Cambridge: Cambridge UP, 2001.

Loewenstein, David. "Milton's Prose and the Revolution." *The Cambridge Companion to Writing of the English Revolution.* Ed. N. H. Keeble. Cambridge: Cambridge UP, 2001. 87~106.

Loewenstein, David, and James Grantham Turner, eds. *Politics, Poetics, and Hermeneutics in Milton's Prose.* Cambridge: Cambridge UP, 1990.

Milton, John. *John Milton: Complete Poems and Major Prose.* Ed. Merritt Hughes. New York: Odyssey, 1957.

______. *The Complete Prose Works of John Milton.* Ed. Don M. Wolfe et al. 8 vols. New Haven: Yale UP, 1953~1982.

Norbrook, David. "*Areopagitica*, Censorship, and the Early Modern Public Sphere." *British Literature 1640~1789: A Critical Reader.* Ed. Robert DeMaria, Jr. Oxford: Blackwell, 1999. 13~39.

______. *Writing the English Republic: Poetry, Rhetoric and Politics, 1627~1660.* Cambridge: Cambridge UP, 1999.

Nyquist, Mary. "The Genesis of Gendered Subjectivity in the Divorce Tracts and in *Paradise Lost*." *Re-membering Milton: Essays on the Texts and Traditions.* Ed. Mary Nyquist and Margaret W. Ferguson. New York: Methuen, 1987. 99~127.

Patterson, Annabel, ed. *John Milton.* London: Longman, 1992.

______. "Milton, Marriage and Divorce." *A Companion to Milton.* Ed. Thomas N. Corns. Oxford: Blackwell, 2001. 279~293.

Rogers, John. *The Matter of Revolution: Science, Poetry, and Politics in the Age of Milton.* Ithaca: Cornell UP, 1996.

Rumrich, John P. *Milton Unbound.* Cambridge: Cambridge UP, 1996.

Seel. Graham E. *Regicide and Republic: England 1603~1660*. Cambridge: Cambridge UP, 2001.

Siebert, F. S. "The Control of the Press during the Puritan Revolution." *Freedom of the Press in England, 1476~1776*. Urbana: U of Illinois P, 1952. 107~64.

Stone, Lawrence. *The Family, Sex and Marriage in England 1500~1800*. London: Weidenfield and Nicolson, 1977.

______. *Road to Divorce: England 1530~1987*. Oxford: Oxford UP, 1990.

Turner, James Grantham. *One Flesh: Paradisal Marriage and Sexual Relations in the Age of Milton*. Oxford: Clarendon P, 1987.

Wheeler, Elizabeth Skerpan. "Early Political Prose." *A Companion to Milton*. Ed. Thomas N. Corns. Oxford: Blackwell, 2001. 263~278.

Wilding, Michael. "Milton's *Areopagitica*: Liberty for the Sects." Prose Studies 9 (1986): 7~38.

Zunder, William, ed. *Paradise Lost: John Milton*. New York: St. Martin's P, 1999.

존 밀턴 연보

1608년 12월 9일	런던의 브레드 스트리트(Bread Street)에서 출생.
1620년(경)	런던의 성 바울 학교(St. Paul's school) 입학.
1625년 2월 12일	케임브리지(Cambridge)의 크라이스트 칼리지(Christ's College)에 입학.
1629년	「그리스도 탄생의 아침에」("On the Morning of Christ's Nativity") 발표.
1629년 3월 26일	문학 학사 학위 획득.
1631년	「랄레그로」("L'Allegro")와 「일 펜세로소」("Il Penseroso") 발표.
1632년 7월 3일	문학 석사 학위 획득.
1632~1635년	미들섹스(Middlesex)의 해머스미스(Hammersmith)에서 거주.
1634년 9월 29일	『코머스』(*Comus*) 첫 공연.
1635~1638년	버킹험셔(Buckinghamshire)의 호튼(Horton)에서 거주.
1637년	『코머스』(*Comus*) 출간.
1638년	「리시다스」("Lycidas") 출간.
1638년 5월~1639년 7월	이탈리아 여행.
1639년 혹은 1640년 초	런던에 거주하며 교사 생활 시작.
1640년(경)	『실낙원』(*Paradise Lost*)이라는 제목의 비극을 구상함.
1641년 5월	『종교개혁론』(*Of Reformation in England*) 출간.
1641년 6월 혹은 7월	『주교제에 관하여』(*Of Prelatical Episcopacy*) 출간.
1642년 6월(경)	메리 파월(Mary Powell)과 결혼.
1642년 8월(경)	부인 메리 파월 친정으로 돌아감.
1643년 8월 1일	『이혼론』(*The Doctrine and Discipline of Divorce*) 출간.
1644년 6월 5일	『교육론』(*Of Education*) 출간.
1644년 11월 23일	『아레오파기티카』(*Areopagitica*) 출간.
1645년 3월 4일	『테트라코던』(*Tetrachordon*)과 『콜라스테리온』(*Colasterion*) 출간.

1645년 여름(경)   부인 메리 파월 밀턴(Mary Powell Milton) 밀턴에게 돌아옴.

1646년 1월 2일   『존 밀턴의 시』(*Poems of Mr. John Milton*) 출간.

1646년 7월 29일   딸 앤(Anne) 출생.

1648년 10월 25일   딸 메리(Mary) 출생.

1649년 2월 13일   『국왕과 관료들의 재직조건』(*The Tenure of Kings and Magistrates*) 출간.

1649년 3월 3일   크롬웰 정부의 국가위원회 소속 라틴어 비서관으로 임명됨.

1649년 10월 5일   『우상타파론』(*Eikonoklastes*) 출간.

1651년   『영국민을 위한 변호』(*A Defense of the English People*) 출간.

1651년 3월 16일   아들 존(John) 출생.

1652년 2월(경)   밀턴의 시력 완전 상실.

1652년 5월 2일   딸 데보라(Deborah) 출생.

1652년 5월 5일(경) 부인 메리 파월 밀턴 사망.

1652년 6월 16일   아들 존 사망.

1654년 5월 30일   『영국민을 위한 두 번째 변호』(*A Second Defense of the English People*) 출간.

1656년 11월 12일   캐서린 우드콕(Catherine Woodcock)과 재혼.

1658년 2월 3일   두 번째 부인 캐서린 우드콕 밀턴(Catherine Woodcock Milton) 사망.

1660년 2월   『자유공화국 수립을 위한 준비되고 쉬운 길』(*The Readie and Easie Way to Establish a Free Commonwealth*) 출간.

1660년 3월   왕정복고에 따라 국가위원회 관직에서 추방.

1660년 5월 7일   은둔.

1660년 6월 16일   의회에서 밀턴의 투옥을 결의함.

1660년 12월 15일   의회에서 밀턴의 석방을 결의함.

1663년 2월 24일   엘리자베스 민셜(Elizabeth Minshull)과 세 번째 결혼.

1667년 8월 20일   『실낙원』(*Paradise Lost*) 출간(10권).

1671년   『복낙원』(*Paradise Regained*)과 『투사 삼손』(*Samson Agonistes*) 출간.

1674년   『실낙원』 재판 12권으로 출간.

1674년 11월 8일   65세로 사망.

1674년 11월 12일   성 자일스(St. Giles)교회에 묻힘.

저자 **최재헌**__ 경북대학교 인문대학 영어영문학과 교수

르네상스 영문학에 관심을 가지고 연구와 강의를 계속하고 있으며, 특히 존 밀턴과 존 던 연구에 집중하고 있다. 미지의 세계에 대한 호기심으로 모험을 떠나는 오디세우스처럼 늘 설레는 마음으로 영미시의 세계로 학생들과 함께 여행하는 것을 즐긴다. 현재 한국밀턴과근세영문학회 회장을 맡고 있다.

주요 저서로는 『다시 읽는 존 밀턴의 실낙원』(2004 문광부 우수학술도서), 『르네상스 시대 영국시의 이해』, 『영미시 오디세이』, 『밀턴의 이해』(공저), 『포스트모던 시대의 영미시』(공저) 등이 있다.

경북대 인문교양총서 ❻

존 밀턴의 생애와 사상-이혼과 출판의 자유에 대하여

초판 인쇄 2011년 9월 1일
초판 발행 2011년 9월 8일

지은이 최재헌
기 획 경북대학교 인문대학
펴낸이 이대현
편 집 권분옥 이소희 박선주
디자인 이홍주
마케팅 박태훈 안현진

펴낸곳 도서출판 역락
주 소 서울시 서초구 반포4동 577-25 문창빌딩 2층
전 화 02-3409-2060(편집), 2058(마케팅)
팩 스 02-3409-2059
등 록 1999년 4월 19일 제303-2002-000014호
전자우편 youkrack@hanmail.net

값 9,000원
ISBN 978-89-5556-922-3 04840
     978-89-5556-896-7 세트